Prosper Mérimée

Die Seelen des Fegefeuers

Das Leben des Don Juan von Marana

Übersetzt von Paul Hansmann

Prosper Mérimée: Die Seelen des Fegefeuers. Das Leben des Don Juan von Marana

Übersetzt von Paul Hansmann.

Les Âmes du purgatoire. Erstdruck: 1834. Übersetzt von Paul Hansmann.

Neuausgabe
Herausgegeben von Karl-Maria Guth
Berlin 2017

Umschlaggestaltung von Thomas Schultz-Overhage unter Verwendung des Bildes: Joshua Reynolds, Garrick zwischen Tragödie und Komödie, 1761

Gesetzt aus der Minion Pro, 11 pt

Verlag: Henricus - Edition Deutsche Klassik GmbH
Mörchinger Str. 33, 14169 Berlin, info@henricus-verlag.de
Druck: Libri Plureos GmbH, Friedensallee 273, 22763 Hamburg

ISBN 978-3-7437-0163-2

Bibliografische Information der Deutschen Nationalbibliothek

Die Deutsche Nationalbibliothek verzeichnet diese Publikation in der Deutschen Nationalbibliografie; detaillierte bibliografische Daten sind im Internet über www.dnb.de abrufbar.

Cicero sagt irgendwo, ich glaube in dem Traktat über die Natur der Götter, daß es mehrere Jupiter gegeben habe, – einen Jupiter auf Kreta, – einen andern in Olympia, – einen andern anderswo; – so daß nicht eine in etwas berühmte Stadt in Griechenland war, welche nicht ihren Jupiter für sich hatte. Aus allen diesen Jupitern hat man einen einzigen gebildet, dem man alle Abenteuer jedes seiner Namensvettern zuschrieb, was die erstaunliche Menge Weibergeschichten erklärt, die man dem Gott unterschiebt.

Die nämliche Verschmelzung ist bei Don Juan geschehen, einer Persönlichkeit, die an Berühmtheit Jupiter etwa nahekommt. Sevilla allein hat mehrere Don Juans besessen; manch andre Stadt führt den ihrigen an. Jeden umgab früher seine besondere Legende. Mit der Zeit sind alle zu einer einzigen verschmolzen worden.

Wenn man sich näher damit befaßt, kann man dennoch jeden herausfinden oder wenigstens zwei dieser Helden unterscheiden, nämlich: Don Juan Tenorio, der bekanntlich von einem steinernen Bildnisse fortgeholt wurde, und Don Juan von Marana, dessen Ende ganz anders gewesen ist.

Des einen wie des andern Leben erzählt man in der nämlichen Weise: nur der Ausgang ihrer Geschichte unterscheidet sie voneinander. Wie in Ducis' Stücken, die je nach der Leser Mitgefühl gut oder schlecht endigen, kommt jede Geschmacksrichtung dabei auf ihre Kosten.

Was die Wahrheit dieser Geschichte oder dieser beiden Geschichten anlangt, so läßt sie sich nicht bestreiten. Es hieße den Provinzialpatriotismus der Sevillaner schwer beleidigen, wenn man die Existenz dieser Taugenichtse, welche die Genealogie ihrer vornehmsten Familien verdächtig gemacht haben, anzweifeln wollte. Man zeigt den Fremden Don Juan Tenorios Haus und kein Mensch, der ein Freund der Künste ist, hat durch Sevilla reisen können, ohne die Kirche der Barmherzigkeit zu besuchen. Dort wird er das Grab des Ritters von

Marana gesehen haben mit jener von seiner Demut oder – wenn man will – von seinem Hochmute diktierten Aufschrift:

Aqui yace el peor hombre que fué en el mundo.
(Hier ruht der schlechteste Mensch, der auf Erden gelebt hat.)

Kann man darnach noch Zweifel hegen? Nachdem Euch Euer Cicerone vor beide Monumente geführt hat, wird er Euch wahrlich noch erzählen, wie Don Juan (man weiß nicht welcher) der Giralda, jener Bronzefigur, welche den Maurenturm der Kathedrale überragt, seltsame Vorschläge machte, und wie die Giralda sie annahm; – wie Don Juan vom Weine heiß am linken Guadalquivirufer lustwandelte, einen Mann, der eine Zigarre rauchend auf dem rechten Ufer ging, um Feuer bat, und wie des Rauchers Arm (der kein andrer als der Teufel in höchsteigener Person war) länger und länger ward, bis er über den Fluß reichte und Don Juan seine Zigarre hinhielt, welcher, ohne mit der Wimper zu zucken und ohne – so verhärtet war er – diese Warnung zu beherzigen, seine daran ansteckte …

Ich habe mich bemüht, für jeden Don Juan das in Anschlag zu bringen, was ihm aus ihrem gemeinsamen Vorrat an bösen Streichen und Verbrechen zukommt. Mangels einer besseren Methode habe ich mich befleißigt, von Don Juan von Marana, meinem Helden, nur Abenteuer zu erzählen, die nicht durch Verjährungsrecht Don Juan von Tenorio gehören, der uns durch Molières und Mozarts Meisterwerke so bekannt ist.

Der Graf Don Carlos von Marana war einer der reichsten und angesehensten Edelleute, die es in Sevilla gab. Er war von erlauchter Geburt und hatte im Kriege gegen die aufständischen Mauren bewiesen, daß er, was den Mut seiner Ahnen anlangt, nicht aus der Art geschlagen war. Nach der Niederwerfung der Alpuxaren kehrte er mit einer Schmarre auf der Stirn und einer großen Zahl Kinder, die er den Ungläubigen abgenommen hatte, nach Sevilla zurück; er ließ sie taufen und verkaufte sie vorteilhaft in Christenhäuser. Seine Wunden, die ihn keineswegs entstellten, hinderten ihn nicht, einer jungen Dame aus gutem Hause zu gefallen; sie gab ihm den Vorzug vor einer großen Zahl Männer, welche sich um ihre Hand bewarben. Aus dieser Ehe entsprossen zuerst mehrere Töchter, von denen einige sich später verheirateten, andre ins Kloster traten. Don Carlos von Marana war in Verzweiflung keinen Namenserben zu haben, als ihn die Geburt eines Sohnes überglücklich machte und ihn hoffen ließ, daß sein altes Majorat nicht auf eine Seitenlinie übergehen würde.

Don Juan, dieser heißersehnte Sohn und Held dieser wahrhaften Geschichte, ward von seinem Vater und seiner Mutter verzogen, wie das bei einem einzigen Erben eines berühmten Namens und eines großen Vermögens der Fall zu sein pflegt. Schon als Kind war er fast unumschränkter Herr aller seiner Handlungen und im ganzen Palaste seines Vaters würde niemand die Kühnheit besessen haben, ihm zu widersprechen. Nur wollte seine Mutter, daß er fromm würde wie sie, und sein Vater, sein Sohn sollte so tapfer werden wie er. Durch Liebkosungen und Leckereien verpflichtete sie das Kind Litaneien, Rosenkranzgebete, kurz alle notwendigen und nicht notwendigen Gebete zu lernen. Beim Schlafengehen las sie ihm die Heiligengeschichte vor. Der Vater seinerseits brachte ihm des Cid und Bernard del Carpios Romanzen bei, erzählte ihm von dem Maurenaufstand und ermunterte ihn, sich täglich im Speerwerfen, Armbrust- oder gar im Büchsenschießen auf eine Maurenpuppe zu üben, welche er hinten in seinem Parke hatte aufstellen lassen.

Im Betzimmer der Gräfin von Marana gab es ein Gemälde in Morales' ansprechendem und trockenem Stile, welches die Qualen des Fegefeuers darstellte. All die verschiedenen Strafen, die der Maler hatte ersinnen können, fanden sich dort so genau dargestellt, daß ein Folterknecht der Inquisition nichts daran hätte aussetzen können. Die Seelen des Fegefeuers befanden sich in einer Art großer Höhle, in der man oben ein Luftloch sah. Am Rande dieser Öffnung stand ein Engel und streckte die Hand nach einer Seele aus, welche den Ort der Schmerzen verließ, während ihm zur Seite ein bejahrter Mann, der einen Rosenkranz in seinen gefalteten Händen hielt, in tiefer Inbrunst zu beten schien. Dieser Mann war der Stifter des Gemäldes, welcher es für eine Kirche in Huesca hatte machen lassen. Bei ihrem Aufstande steckten die Mauren die Stadt in Brand; die Kirche ward zerstört, das Gemälde aber durch ein Wunder verschont. Der Graf von Marana hatte es an sich genommen und das Betgemach seiner Frau damit geschmückt. Jedesmal, wenn der kleine Juan zu seiner Mutter kam, verharrte er lange Zeit über unbeweglich in Betrachtung des Gemäldes, das ihn zugleich erschreckte und fesselte. Vor allem konnte er seine Augen nicht von einem Mann abwenden, dessen Eingeweide eine Schlange zu benagen schien, während er über einem glühenden Kohlenbecken mittels Haken aufgehängt war, welche durch seine Seiten gingen. Ängstlich, die Augen nach der Luftlochseite wendend, flehte der Duldende scheinbar den Stifter um Gebete an, die ihn von so vielen Leiden befreien sollten. Die Gräfin erklärte ihrem Sohne stets, der Unglückliche erlitte solche Höllenqualen, weil er seinen Katechismus nicht gut gekonnt, weil er sich über einen Priester lustig gemacht hätte, oder in der Kirche zerstreut gewesen wäre. Die Seele, welche dem Paradies zuflog, war die eines Verwandten der Familie Malana, der sich zweifelsohne einige leichte Vergehen hatte vorzuwerfen gehabt. Der Graf von Marana aber hatte für sie gebetet, dem Klerus viel geschenkt, um sie vom Feuer und von den Qualen loszukaufen, und hatte die Genugtuung gehabt, seines Verwandten Seele ins Paradies zu schicken, ohne ihr Zeit zu lassen, sich im Fegefeuer viel zu langweilen. »Gleichwohl, Juanito«, fügte die Gräfin hinzu, »werd' ich eines Tages etwa ebenso leiden und Millionen Jahre im Fegefeuer bleiben, wenn du nicht daran denkst Messen lesen zu lassen, um mich aus ihr zu befreien. Wie schlecht würde es sein, die Mutter, die dich genährt hat, in solcher Qual verharren zu lassen.« Dann weinte das Kind; und wenn es einige Realen in seiner Tasche hatte, schenkte es sie eilends dem erstbesten Almosensammler, der ihm mit einer Sammelbüchse für die Seelen des Fegefeuers begegnete.

Wenn er in seines Vaters Zimmer trat, erblickte er durch Arkebusenschüsse verbeulte Kürasse, einen Helm, den der Graf von Malana beim Sturm auf Almeria getragen hatte und der noch den Schneideabdruck einer muselmännischen Streitaxt aufwies; Lanzen, Maurensäbel und den Ungläubigen abgewonnene Standarten zierten dies Gemach.

»Den Saraß hier«, sagte der Graf, »hab' ich dem Kadi von Bejer abgenommen, der dreimal damit auf mich einhieb, ehe ich ihm das Leben raubte. – Die Standarte da wurde von den Aufrührern des Elviragebirges getragen. Sie plünderten grade ein Christendorf; mit zwanzig Reitern eilte ich herbei. Viermal versuchte ich mitten in ihre Reihen einzudringen, um diese Fahne zu erbeuten; viermal ward ich zurückgetrieben. Beim fünftenmal machte ich ein Kreuzeszeichen und schrie: ›Sankt Jakob!‹ Dann drang ich in die Reihen der Heiden ein … Und siehst du den goldenen Kelch hier, den ich in meinem Wappen trage? Ein Alfaqui der Mauren hatte ihn in einer Kirche gestohlen, wo er tausend Greueltaten beging. Seine Pferde haben auf dem Altare Hafer gefressen und seine Soldaten die Gebeine der Heiligen zerstreut. Der Alfaqui bediente sich dieses Kelches, um mit Schnee gekühlten Sorbett daraus zu trinken. In seinem Zelte überraschte ich ihn, als er das geweihte Gefäß an seine Lippen führte. Bevor er ›Allah‹ gesagt hatte, während das Getränk noch durch seine Kehle lief, traf ich den kahlgeschorenen Schädel dieses Hundes mit diesem guten Degen und die Klinge drang bis in die Zähne ein. Zur Erinnerung an diese heilige Rache hat mir der König erlaubt einen goldenen Kelch in meinem Wappen zu tragen. Ich sage dir das, Juanito, damit du es deinen Kindern erzählst und daß sie wissen, warum dein Wappen nicht genau dasselbe wie das deines Großvaters, Don Diegos, ist, das du da über seinem Porträt gemalt siehst.«

Zwischen Krieg und Frömmigkeit hin und her geworfen, verbrachte das Kind seine Tage damit, kleine Holzkreuze aus Latten herzustellen oder lieber mit einem hölzernen Säbel bewaffnet, im Krautgarten mit Kürbissen aus Rota zu kämpfen, deren Form seiner Ansicht nach mit Turbanen bedeckten Maurenschädeln glich. Mit achtzehn Jahren übersetzte Don Juan ziemlich schlecht Lateinisch, bediente die Messe sehr gut und handhabte den Haudegen oder das zweihändige Ritterschwert besser als es der Cid tat. Da sein Vater meinte, daß ein Edelmann aus dem Hause Marana noch andre Talente erwerben müsse, entschloß er sich ihn nach Salamanca zu schicken. Die Reisevorbereitungen waren bald getroffen. Seine Mutter gab ihm viele Rosenkränze, Skapuliere und geweihte Medaillen mit. Lehrte ihn auch viele Gebete, welche in einer Menge Lebensumständen von großer Hilfe seien. Don Carlos schenkte ihm einen Degen, dessen mit Silber ausgelegtes Gefäß mit seinem Familienwappen geschmückt war, und sagte zu ihm: »Bis heute hast du nur mit Kindern zusammengelebt, nun sollst du dich mit Männern zusammentun. Denk' daran, daß eines Edelmannes köstlichstes Gut seine Ehre ist; und deine Ehre ist die der Marana. Möge der letzte Sprosse unseres Hauses lieber umkommen, als daß ein Makel auf seine Ehre fällt. Nimm diesen Degen; er soll dich verteidigen, wenn man dich angreift. Zieh ihn niemals als erster; erinnere dich aber, daß deine Vorfahren den ihrigen immer erst in ihre Scheide zurückgesteckt haben, wenn sie gesiegt und sich gerächt hatten.« So mit geistlichen und weltlichen Waffen versehen, stieg der Stammhalter der Marana zu Pferd und verließ das Haus seiner Väter. Die Universität Salamanca stand damals in ihrem höchsten Glänze. Nie hatte es mehr Studenten und gelehrtere Professoren dort gegeben; nimmer hatten aber auch seine Bürger mehr zu leiden gehabt unter den Unverschämtheiten der zuchtlosen Jugend, welche in ihrer Stadt hauste oder sie vielmehr beherrschte. Serenaden, Katzenmusiken, alle Arten nächtlicher Ruhestörungen waren an der Tagesordnung; von Zeit zu Zeit wurde in ihre Monotonie durch Frauen- und Mädchenentführungen, durch Räubereien und Bastonaden Abwechslung gebracht. Als Don Juan in Salamanca angekommen war, brachte er mehrere Tage damit hin, Empfehlungsschreiben an seines Vaters Freunde abzugeben, seine Professoren zu besuchen, die Kirchen zu besichtigen und sich die Reliquien, die in ihnen verwahrt wurden, zeigen zu lassen. Dem Wunsche seines Vaters gemäß händigte er einem der Professoren eine stattliche Geldsumme ein, welche unter die armen Studenten verteilt werden sollte. Diese Freigebigkeit hatte den größten Erfolg und gewann ihm sofort zahlreiche Freunde.

Don Juan besaß eine lebhafte Lernbegierde. Wie Worten des Evangeliums nahm er sich vor allem zu lauschen, was aus dem Munde seiner Professoren kam; und um sich nichts davon entgehen zu lassen, wollte er so nahe wie möglich beim Katheder sitzen. Als er in den Saal trat, wo die Vorlesung stattfand, sah er, daß ein Platz so nahe bei dem Professor, wie er es nur wünschen konnte, leer war.

Dort setzte er sich hin. Ein schmutziger, schlecht gekämmter und mit Lumpen bekleideter Student, wie es ihrer so viele auf den Universitäten gibt, hob für einen Augenblick seine Augen von seinem Buch auf, um Don Juan mit einer Miene dummen Erstaunens anzusehen. »Ihr setzt Euch auf diesen Platz«, sagte er mit einem fast erschreckten Tone; »wisset Ihr nicht, daß Don Garcia Navarro gewöhnlich dort sitzt?«

Don Juan erwiderte, er hätte immer sagen hören, daß die Plätze denen gehörten, die sie zuerst einnähmen; und da er diesen leer fände, glaube er sich auf ihn setzen zu dürfen, vor allem, wenn der edle Herr Don Garcia seinen Nachbar nicht beauftragt habe, ihn für ihn aufzuheben.

»Ihr seid fremd hier, wie ich merke«, sagte der Student, »und erst vor ganz kurzer Zeit angekommen, da Ihr Don Garcia nicht kennt. Wisset also, daß er einer der ...« Hier senkte der Student die Stimme und schien ängstlich zu sein, von den andern Studenten gehört zu werden. »Don Garcia ist ein schrecklicher Mensch. Wehe dem, der ihn beleidigt. Seine Geduld ist kurz und sein Degen lang. Und seid dessen sicher, daß, wenn sich jemand auf einen Platz setzt, auf welchem Don Garcia zweimal gesessen hat, das einen Handel nach sich zieht, denn er ist sehr empfindlich und reizbar. Wenn er sich streitet, schlägt er sich, und wenn er sich schlägt, tötet er. Ich habe Euch also gewarnt; Ihr mögt tun, was Euch gut dünkt.«

Don Juan fand es äußerst seltsam, daß dieser Don Garcia sich die besten Plätze zu belegen trachtete, ohne sich die Mühe zu machen, sie sich durch seine Pünktlichkeit zu verdienen. Gleichzeitig sah er, daß mehrere Studenten die Augen auf ihn geheftet hatten, und fühlte, wie demütigend es sei, den Platz aufzugeben, nachdem er ihn einmal eingenommen. Anderseits hatte er durchaus keine Lust, gleich nach seiner Ankunft und noch dazu mit einem so gefährlichen Menschen, wie Don Garcia einer zu sein schien, einen Handel zu haben. Als er so bestürzt war, zu keinem Entschluß kommen konnte und ganz mechanisch immer auf dem nämlichen Platze verharrte, kam ein Student herein und gerade auf ihn zu. »Da ist Don Garcia«, sagte sein Nachbar.

Dieser Garcia war ein breitschultriger, schlanker und kräftiger junger Mann mit dunkler Hautfarbe, stolzem Blick und verächtlich herabgezogenem Munde. Trug ein abgewetztes Wams, das einmal schwarz gewesen war, und einen durchlöcherten Mantel; über all dem hing eine lange goldene Kette. Bekanntlich haben zu allen Zeiten die Studenten Salamancas und andrer spanischer Universitäten gewissermaßen ihre Ehre dareingesetzt zerlumpt auszusehen, da sie dadurch anscheinend beweisen wollen, daß wahres Verdienst auf den dem Glück abgeborgten Schmuck zu verzichten weiß.

Don Garcia näherte sich der Bank, wo Don Juan noch immer saß, grüßte ihn sehr höflich und sagte: »Herr Student, Ihr seid neu unter uns angekommen; dennoch ist Euer Name mir sehr bekannt. Unsere Väter sind gute Freunde gewesen, und, wenn Ihr damit einverstanden sein wollt, werden ihre Söhne es nicht minder sein.« Also redend streckte er Don Juan mit der herzlichsten Miene die Hand hin. Don Juan, der sich auf einen ganz andern Anfang gefaßt gemacht hatte, nahm Don Garcias Liebenswürdigkeiten auf das Zuvorkommendste entgegen und antwortete ihm, daß er sich durch die Freundschaft eines Ritters wie ihn sehr geehrt halten würde.

»Ihr kennt Salamanca noch nicht«, fuhr Don Garcia fort, »und wenn Ihr mich als Euren Führer annehmen wollet, werd' ich entzückt sein, Euch in dem Lande, wo Ihr leben werdet, alles vom Größten bis zum Kleinsten zu zeigen.«

Dann wandte er sich an den neben Don Juan sitzenden Studenten. »He, Perico, mach' dich ab. Glaubst du, ein Tölpel wie du dürfe neben dem edlen Herrn Don Juan von Marana sitzen?«

Und also redend, stieß er ihn rauh fort und setzte sich auf seinen Platz, den der Student eiligst freigab.

Als die Vorlesung zu Ende war, gab Don Garcia dem neuen Freunde seine Wohnung an und ließ sich einen Besuch versprechen. Dann reichte er ihm mit liebenswürdiger und vertrauter Miene die Hand, hüllte sich malerisch in seinen, wie ein Schaumlöffel durchlöcherten Mantel und ging fort.

Mit seinen Büchern unter dem Arme war Don Juan in einer Galerie des Kollegiengebäudes stehen geblieben, um die alten Inschriften zu lesen, welche die Mauern bedeckten, als sich ihm der Student, der anfangs mit ihm gesprochen, näherte, wie wenn er die nämlichen Dinge prüfen wollte. Nachdem Don Juan ihm durch ein Neigen des Kopfes gezeigt hatte, daß er ihn wiedererkenne, schickte er sich an, fortzugehen; der Student hielt ihn aber am Mantel fest: »Edler Herr Don Juan«, sagte er, »würdet Ihr, wenn Ihr keine Eile habt, so gut sein und mir eine ganz kurze Unterredung gewähren?« – »Gern«, entgegnete Don Juan und lehnte sich gegen einen Pfeiler, »ich höre Euch zu.« Mit unruhiger Miene sah sich Perico nach allen Seiten um, wie wenn er beobachtet zu werden fürchtete, und näherte sich Don Juan, um ihm ins Ohr zu flüstern, was eine nutzlose Vorsichtsmaßregel zu sein schien, denn außer ihnen war niemand in der weiten gotischen Galerie, wo sie sich befanden. Nach einem momentanen Schweigen fragte der Student mit leiser und schier bebender Stimme: »Könnt Ihr mir sagen ... könnt Ihr mir sagen, ob Euer Vater wirklich Don Garcia Navarros Vater kannte?«

Don Juan machte eine überraschte Bewegung: »Vor einem Augenblicke habt Ihr's Don Garcia sagen hören.«

»Ja«, antwortete der Student, die Stimme noch mehr senkend, »doch habt Ihr Euren Vater wirklich jemals erwähnen hören, daß er den edlen Herrn von Navarro kannte?«

»Ja sicherlich; und er war mit ihm im Kriege wider die Mauren.«

»Schön; habt Ihr aber von dem Edelmanne sagen hören, daß er ... einen Sohn hat?«

»Nie hab' ich wahrlich sehr viel acht darauf gegeben, was mein Vater darüber erzählt haben mag ... Was aber bezwecken solche Fragen? Ist Don Garcia nicht des edlen Herrn Navarro Sohn? ... Sollte er ein Bastard sein?«

»Den Himmel ruf ich zum Zeugen an, daß ich niemals dergleichen gesagt habe«, rief der Student, welcher entsetzt hinter den Pfeiler blickte, gegen den Don Juan sich lehnte; »ich wollte Euch nur fragen, ob Ihr keine Kenntnis von der wunderlichen Geschichte habt, die sich viele Leute über diesen Don Garcia erzählen?«

»Kein Wort weiß ich davon.«

»Man sagt ... wohlgemerkt, daß ich nur wiederhole, was ich habe sagen hören, ... man sagt, daß Don Diego Navarro einen Sohn hatte, der im Alter von sechs oder sieben Jahren eine schwere und so seltsame Krankheit bekam, daß die Ärzte kein Heilmittel für sie zu finden wußten, weswegen der Vater, welcher kein andres Kind hatte, zahlreiche Opfergaben an viele Kapellen schickte und den Kranken Reliquien berühren ließ; alles war vergeblich. Verzweifelt sagte er eines Tages ... wie man mir versichert hat ... sagte er eines Tages, als er ein Bildnis Sankt Michaels betrachtete: ›Da du meinen Sohn nicht retten kannst, will ich sehen, ob der, welcher da unter deinen Füßen liegt, nicht mehr Macht besitzt.‹«

»Das war eine fürchterliche Gotteslästerung!« rief Don Juan aufs äußerste entrüstet.

»Kurz darauf genas das Kind, ... und dies Kind ... ist Don Garcia!«

»Und seit der Zeit hat Don Garcia wahrlich den Teufel im Leibe«, sagte in ein Gelächter ausbrechend Don Garcia, welcher sich im nämlichen Augenblicke zeigte und diese Unterhaltung, hinter einem nahen Pfeiler versteckt, angehört zu haben schien.

»Perico«, sagte er mit kaltem und verächtlichem Tone zu dem entsetzten Studenten, »wenn Ihr nicht ein Hasenfuß wäret, würd' ich Euch Eure Keckheit, über mich zu reden, bereuen lassen.«

»Edler Herr Don Juan«, fuhr er sich an Marana wendend fort, »wenn Ihr uns besser kenntet, würdet Ihr Eure Zeit nicht damit vergeuden, diesem Schwätzer zuzuhören. Und um Euch zu beweisen, daß ich kein böser Teufel bin, tut mir die Ehre an, mich in die nahe Sankt Peterskirche zu begleiten; wenn wir dann unsere Andacht verrichtet haben, will ich Euch um die Erlaubnis bitten, Euch zu einem schlechten Mittagmahle mit einigen Kameraden einzuladen.«

Also redend, nahm er Don Juans Arm; dieser schämte sich, beim Anhören von Pericos seltsamer Geschichte überrascht worden zu sein und nahm eilends das Anerbieten seines neuen Freundes an, um ihm zu beweisen, welch geringen Eindruck die eben vernommenen üblen Nachreden auf ihn machten.

Als sie in die Sankt Peterskirche eingetreten waren, knieten Don Juan und Don Garcia vor einer Kapelle nieder, um die sich eine große

Schar Gläubiger drängte. Mit leiser Stimme sagte Don Juan sein Gebet auf; und wiewohl er eine schickliche Zeit über in solch frommer Beschäftigung verharrte, fand er, als er den Kopf aufhob, daß sein Kamerad noch in eine fromme Ekstase versunken zu sein schien: still bewegte er seine Lippen; man hätte meinen mögen, er wäre mit seiner Andacht noch nicht halb fertig. Etwas beschämt, so früh aufgehört zu haben, hub Don Juan an, ganz leise Litaneien, die ihm grade einfielen, aufzusagen. Als die Litaneien zu Ende waren, rührte sich Don Garcia auch noch nicht. Zerstreut murmelte Don Juan noch einige spärliche Fürbitten. Als er seinen Kameraden auch dann noch immer unbeweglich sah, glaubte er zu seinem Zeitvertreib und um das Ende dieser ewigen Beterei abzuwarten, um sich schauen zu dürfen. Zu allererst zogen drei auf einem türkischen Teppiche kniende Frauen seine Aufmerksamkeit auf sich. Dem Alter, den Augengläsern und dem ehrwürdigen Umfang ihrer Haube nach, konnte die eine nur eine Duenna sein. Die beiden andern waren jung und hübsch und hielten ihre Augen nicht derartig über ihre Rosenkränze gesenkt, daß man nicht sehen konnte, daß die groß, lebhaft und schön geschnitten waren. Viel Vergnügen bereitete es Don Juan, die eine von ihnen anzuschauen; mehr Vergnügen sogar, als er an einem heiligen Orte hätte verspüren dürfen. Er vergaß seines Kameraden Gebet, zog ihn am Ärmel und fragte ihn ganz leise, wer das Fräulein sei, die einen gelben Bernsteinrosenkranz in der Hand hielt.

»Das ist«, antwortete Garcia, ohne über seine Unterbrechung empört zu erscheinen, »Donna Theresa von Ojeda; und die dort ist Donna Fausta, ihre ältere Schwester, beide sind Töchter eines Beisitzers im Rate von Kastilien. Ich bin in die ältere verliebt; bemüht Euch, die jüngere zu gewinnen. Halt«, fügte er hinzu, »sie stehen auf und wollen die Kirche verlassen; beeilen wir uns, damit wir sie in den Wagen steigen sehen; vielleicht hebt der Wind ihre Baskinen auf und wir können ein oder zwei hübsche Füßchen erblicken.«

Don Juan war dermaßen bewegt von Donna Theresas Schönheit, daß er, ohne auf solch unanständige Worte acht zu geben, Don Garcia bis an die Kirchentür folgte und die beiden edlen Fräulein in ihren Wagen steigen und den Kirchplatz verlassen sah, um in einer der belebtesten Straßen zu verschwinden. Als sie abgefahren waren, rief Don Garcia, seinen Hut schief auf den Kopf stülpend, fröhlich:

»Das sind reizende Mädchen. Der Teufel soll mich holen, wenn mir die ältere nicht, ehe zehn Tage vergangen sind, gehört! Und Ihr, seid Ihr bei der jüngeren vorangekommen?«

»Wie, vorangekommen?« antwortete Don Juan ganz naiv, »aber ich sehe sie doch zum erstenmal.«

»Wahrlich, ein schöner Grund!« rief Don Garcia. »Meint Ihr, ich kenne die Fausta sehr viel länger? Und doch hab' ich ihr heute ein Briefchen zugesteckt, das sie recht gern annahm.«

»Ein Briefchen? Ich hab' Euch doch nicht schreiben sehn.«

»Immer hab' ich welche fertiggeschrieben bei mir, und wenn man keinen Namen einschreibt, kann man sie für alle gebrauchen. Nur müßt Ihr acht darauf geben, keine bloßstellende Beiwörter über die Farbe der Augen und Haare zu gebrauchen. Was die Seufzer, Tränen und Notschreie anlangt, so nehmen Braune und Blonde, Mädchen und Frauen sie in gleicher Weise gut auf.«

Solcherart plaudernd, befanden sich Don Garcia und Don Juan vor der Tür des Hauses, wo ihrer das Mittagessen harrte. Es war Studentenkost, die sich mehr durch Reichlichkeit als durch Feinheit und Abwechslung auszeichnete: viel gewürzte Ragouts, Salzfleisch, alles Sachen, die den Durst reizen. Überdies gab's dort einen Überfluß an manchaner und andalusischen Weinen. Einige Studenten, Don Garcias Freunde, warteten auf sein Kommen. Man setzte sich sofort zu Tisch und einige Zeit über hörte man kein andres Geräusch als das der Kinnbacken und der an die Flaschen stoßenden Gläser. Da der Wein die Gäste in beste Laune versetzte, unterhielt man sich bald auf das geräuschvollste. Es drehte sich nur um Zweikämpfe, Liebschaften und Studentenstreiche. Der eine erzählte, wie er seine Wirtin angeführt hatte, indem er am Abend vor dem Tag auszog, wo er seine Miete bezahlen mußte. Ein andrer hatte bei einem Weinhändler einige große Krüge Valdepenas im Namen eines der bedeutendsten Theologieprofessoren holen lassen, und die großen Krüge sehr geschickt heimlich beiseite geschafft; der Professor mochte die Rechnung bezahlen, wenn er Lust hatte. Der hatte den Nachtwächter verprügelt, ein andrer war trotz der Vorsichtsmaßregeln eines Eifersüchtigen auf einer Strickleiter zu seiner Geliebten gelangt. Anfangs hörte Don Juan die Erzählung all dieser Schelmenstücke etwas bestürzt an. Nach und nach entwaffneten der Wein, den er trank, und die Munterkeit der Zecher seine Zimperlichkeit. Die Geschichten, die man erzählte, brachten ihn zum Lachen und er beneidete schließlich einige um den Ruf, welchen ihre listigen Streiche und Diebsstücke ihnen eintrugen. Er hub an, die schönen Grundsätze, die er mit auf die Universität gebracht hatte, zu vergessen, um die übliche Aufführung der Studenten zu bewundern; ein einfach und leicht zu befolgendes Vorbild, welches darin besteht, sich den Pillos, das heißt dem ganzen Teile der menschlichen Spezies gegenüber, der nicht in die Register der Universität eingeschrieben ist, alles herauszunehmen. Inmitten der Pillos befindet sich der Student im Feindesland und besitzt das Recht, sich ihnen gegenüber wie die Hebräer gegen die Kananiter aufzuführen. Einzig der Herr Corregidor hatte leider wenig Ehrfurcht vor den heiligen Gesetzen der Universität und suchte nur nach der Gelegenheit, den in sie Eingeweihten zu schaden, darum mußten sie brüderlich zusammenhalten, einander helfen und vor allem die größte Verschwiegenheit beobachten.

Diese erbauliche Unterhaltung währte solange wie Flaschen vorhanden waren. Als sie leergetrunken, war jedwedes Beurteilungsvermögen seltsam konfus und alle verspürten eine heftige Schlaflust. Da die Sonne noch hoch am Himmel stand, trennte man sich, um Siesta zu halten; Don Juan aber nahm ein Bett bei Don Garcia an. Nicht sobald hatte er sich auf einem Lederpolster ausgestreckt, als die Ermüdung und die Wirkungen des Weines ihn in einen tiefen Schlaf versenkten.

Lange Zeit über waren seine Träume so wirr und kraus, daß er kein andres Gefühl verspürte als das eines vagen Unbehagens, ohne die Wahrnehmung eines Bildes oder eines Gedankens zu haben, der es verursachen möchte. Allmählich begann er in seinem Traume klarer zu sehen – wenn man so sagen kann – und träumte im Zusammenhang. Ihm war, als wäre er in einer Barke auf einem breiteren und unruhigeren Fluß, als er den Guadalquivir zur Winterzeit gesehen hatte. Es gab da weder Segel, noch Ruder, noch Steuer, und des Flusses Ufer war einsam. Die Barke ward durch die Strömung derartig hin und her geworfen, daß er sich dem Unbehagen nach, welches er verspürte, an der Guadalquivirmündung zu befinden vermeinte, im Augenblicke, wo die Maulaffen aus Sevilla, die nach Cadix reisen, die ersten Anfälle der Seekrankheit zu verspüren beginnen. Bald befand er sich an einem sehr viel engeren Teile des Flusses, so daß er beide Ufer leicht sehen und sich sogar nach dorthin verständlich machen konnte. Dann erschienen gleichzeitig an den beiden Ufern zwei leuchtende Gestalten, welche sich, jede auf ihrer Seite, näherten, wie um ihm Hilfe zu bringen. Anfangs drehte er den Kopf nach rechts und sah einen Greis mit ernstem und strengem Antlitz, nackten Füßen und einem tristen offenen Waffenrock als ganze Bekleidung. Er schien seine Hand nach Don Juan auszustrecken. Links, wohin er dann blickte, sah er eine Frau von stolzer Gestalt, die das edelste und anziehendste Gesicht besaß; in der Hand hielt sie einen Blumenkranz, welchen sie ihm darbot. Zur nämlichen Zeit bemerkte er, daß seine Barke sich ruderlos, einzig nach seinem Willensakte ganz nach seinem Belieben lenken ließ. Er wollte auf der Seite der Frau landen, als ein von der rechten Seite ausgehender Schrei ihn den Kopf umdrehen und ihn sich dieser Seite nähern ließ. Der Greis hatte eine noch strengere Miene als vorher. Alles, was man von seinem Körper sehen konnte, war mit Wunden bedeckt, bleich von geronnenem Blute dunkel gefärbt. In der einen Hand hielt er eine Dornenkrone, in der andern eine mit Eisenspitzen besetzte Geißel. Bei diesem Schauspiel ward Don Juan von Entsetzen gepackt; ganz schnell kehrte er aufs linke Ufer zurück. Die Erscheinung, die ihn so entzückt hatte, war noch dort; die Haare der Frau wehten im Wind, ihre Augen waren von einem übernatürlichen Feuer beseelt und statt des Kranzes hielt sie einen Degen in der Hand. Don Juan hielt einen Augenblick inne, ehe er landete, und als er dann aufmerksamer hinschaute, bemerkte er, daß die Degenklinge blutgerötet war; und auch die Hand der Nymphe war rot. Erschreckt fuhr er jäh aus dem Schlaf auf. Als er die Augen aufschlug, konnte er angesichts eines nackten Degens, der zwei Schritte von seinem Lager entfernt blitzte, einen Schrei nicht unterdrücken. Don Garcia wollte seinen Freund wecken, und als er bei seinem Bett einen Degen von seltsamer Arbeit sah, prüfte er ihn mit Kennermiene. Auf der Klinge stand folgende Aufschrift: »Beweise stets Höfischkeit.« Und der Korb trug, wie wir bereits erwähnt haben, das Wappen, den Namen und den Wahlspruch der Marana.

»Einen schönen Degen habt Ihr da, mein Kamerad«, sagte Don Garcia. »Ihr müßt nun ausgeruht sein. Die Nacht ist hereingebrochen, lustwandeln wir ein wenig; und wenn die biedern Bürger dieser Stadt in ihre Häuser zurückgekehrt sind, wollen wir, wenn's Euch beliebt, unsern Huldinnen ein Ständchen bringen.«

Einige Zeit über lustwandelten Don Juan und Don Garcia an dem Ufer der Tormes und sahen die Frauen vorbeikommen, die frische Luft schöpfen oder mit ihren Liebhabern äugeln wollten. Allmählich wurde die Schar der Spaziergänger immer kleiner und bald waren sie alle verschwunden.

»Dies ist der Augenblick«, sagte Don Garcia, »dies ist der Augenblick, wo die ganze Stadt den Studenten gehört. Die Pillos würden es nicht wagen uns in unsern harmlosen Belustigungen zu stören. Was die Wache anlangt, so brauch' ich Euch für den Fall, daß wir einen Handel mit ihr haben sollten, nicht zu sagen, daß man das Pack in keiner Weise schonen darf. Wenn aber die Schufte zu zahlreich aufträten und man sich auf die Beine machen müßte, dann habt keine Angst: ich kenne alle Winkel, macht Euch nur die Mühe mir zu folgen und seid sicher, daß alles gut gehen wird.«

Also redend, warf er seinen Mantel dergestalt über die linke Schulter, daß er den größten Teil seines Gesichts verdeckte; seinen rechten Arm aber frei ließ. Don Juan tat desgleichen und beide wandten sich nach der Straße, wo Donna Fausta und ihre Schwester wohnten. Als sie an der Vorhalle einer Kirche vorbeikamen, pfiff Don Garcia und sein Page erschien mit einer Gitarre in der Hand. Don Garcia nahm sie ihm ab und verabschiedete ihn.

»Ich sehe«, sagte Don Juan, als sie in die Valladolider Straße einzogen, »ich sehe, daß ich während Eurer Serenade Wache stehn soll; Ihr könnt sicher sein, ich werde mich so benehmen, daß ich Eure Billigung verdiene. Meine Vaterstadt Sevilla würde mich verleugnen, wenn ich nicht eine Straße vor lästigen Leuten zu bewahren wüßte.«

»Ich beabsichtige Euch nicht als Wache aufzustellen«, antwortete Don Garcia. »Ich hab' meine Liebste hier, auch Eure wohnt am nämlichen Orte. Jedem sein Wild. Pst! Hier ist das Haus. Euch gehört der Fensterladen, mir jener dort, und nun schnell!«

Nachdem Don Garcia seine Gitarre gestimmt hatte, hub er mit ziemlich angenehmer Stimme eine Romanze zu singen an, worin wie üblich von Tränen, Seufzern und allem, was sich daraus ergibt, die Rede war. Ich weiß nicht, ob er sie selbst gedichtet hatte.

Bei der dritten oder vierten Seguidilla wurden die Läden der beiden Fenster leise aufgemacht und ein leichtes Hüsteln ließ sich hören. Das sollte heißen, daß man lausche. Die Musiker, heißt es, spielen niemals, wenn man sie darum bittet oder wenn man ihnen lauscht. Don Garcia lehnte seine Gitarre an einen Prellstein und knüpfte mit leiser Stimme mit einer der lauschenden Frauen eine Unterhaltung an.

Als Don Juan die Augen erhob, sah er an dem Fenster über sich eine Frau, die ihn aufmerksam zu betrachten schien. Er zweifelte nicht, daß es Donna Faustas Schwester wäre, die ihm sein Geschmack und seines Freundes Wahl als Dame seiner Gedanken gaben. Aber er war noch ängstlich, ohne Erfahrung und wußte nicht, womit er den Anfang machen sollte. Plötzlich fiel ein Taschentuch aus dem Fenster und eine leise süße Stimme rief: »Ach, Jesus, mein Taschentuch ist hinunter gefallen!« Don Juan hob es sofort auf, steckte es an seine Degenspitze und reichte es zum Fenster hinauf. Das war ein Mittel ein Gespräch anzuknüpfen. Die Stimme begann mit Danksagungen, dann fragte sie, ob der Herr Ritter, der so höflich war, nicht am Morgen in der Sankt Peterskirche gewesen wäre. Don Juan erwiderte, daß er dort gewesen sei und dort seine Ruhe verloren habe. – »Wodurch?« – »Indem ich Euch sah!« – Das Eis war gebrochen. Don Juan stammte aus Sevilla und wußte alle maurischen Romanzen, deren Sprache so liebesheiß und reich ist, auswendig. An Beredsamkeit konnte es ihm nicht fehlen. Die Unterredung währte etwa eine Stunde. Schließlich rief Theresa, sie höre ihren Vater und müsse sich entfernen. Die beiden Galane verließen die Straße, nachdem sie aus dem Fensterladen zwei weiße Arme hatten hervorkommen und jedem von ihnen einen Jasminzweig zuwerfen sehen. Den Kopf voller reizender Bilder legte sich Don Juan schlafen. Garcia aber ging in eine Schenke, wo er den größten Teil der Nacht verbrachte.

Folgenden Tages gab's wieder Seufzer und Serenaden. Desgleichen in den folgenden Nächten. Nach einem schicklichen Widerstande willigten die beiden Damen ein, Haarlocken zu geben und zu empfangen, was man mittels eines Fadens bewerkstelligte, welcher herabgelassen wurde und die ausgetauschten Pfänder hinaufzog. Don Garcia, der nicht der Mann war, sich mit Tändeleien zufrieden zu geben, sprach von einer Strickleiter oder gar von Nachschlüsseln; doch fand man ihn keck, und sein Vorschlag wurde, wenn auch nicht verworfen, so doch auf unbestimmte Zeit hinausgeschoben.

Seit fast einem Monat schmachteten Don Juan und Don Garcia ziemlich vergeblich unter ihrer Geliebten Fenstern. In einer sehr finsteren Nacht standen sie auf ihrem üblichen Posten und die Unterhaltung verlief zur Befriedigung aller Beteiligten, als am Ende der Straße sieben bis acht Männer in Mänteln erschienen, von denen die Hälfte Musikinstrumente bei sich hatte.

»Gerechter Himmel«, rief Theresa, »da kommt Don Cristoval und will uns eine Serenade bringen. Entfernt Euch um Gottes willen oder es wird ein Unglück geschehen.«

»Niemandem treten wir einen so schönen Platz ab«, rief Don Garcia. Dann erhob er seine Stimme und sagte zu dem, der sich zuerst näherte: »Herr, der Platz ist besetzt und die Damen machen sich nichts aus Eurer Musik; sucht also Euer Glück bitte anderswo!«

»Es ist einer von den schuftigen Studenten, der sich uns hier in den Weg stellen will!« rief Don Cristoval. »Ich werd' ihm zeigen, was es ihn kostet, daß er sich um mein Liebchen kümmert.« Mit diesen Worten nahm er den Degen zur Hand. Gleichzeitig blitzten die zweier seiner Gefährten außerhalb der Scheide. Mit bewundernswerter Schnelligkeit rollte Don Garcia seinen Mantel um den Arm, zog vom Leder und schrie: »Her zu mir die Studenten!« Es gab aber nur einen einzigen in der Nähe. Die Musiker, welche zweifelsohne fürchteten, ihre Instrumente würden bei der Rauferei in Stücke gehen, ergriffen nach der Wache schreiend die Flucht, während die Frauen am Fenster alle Heiligen des Paradieses zu ihrer Hilfe herbeiriefen.

Don Juan befand sich unter dem Fenster, das Don Cristoval am nächsten lag und hatte sich zuerst gegen ihn zur Wehr zu setzen. Sein Gegner war geschickt und hatte überdies in seiner linken Hand eine eiserne Tartsche, deren er sich zum Parieren bediente, während Don Juan nur seinen Degen und seinen Mantel besaß. Heftig ward er von Don Cristoval bedrängt. Im rechten Augenblick erinnerte er sich eines Ausfalls des Herrn Uberti, seines Fechtmeisters. Er ließ sich auf seinen linken Arm fallen und stieß mit seiner rechten seinen Degen unter Don Cristovals Tartsche, und traf ihn mit solcher Wucht in die Weichen, daß das Eisen, nachdem es eine Handlänge tief eingedrungen war, abbrach. Don Cristoval stieß einen Schrei aus und sank blutüberströmt nieder. Während dieses Vorgangs, der schneller geschah als er sich erzählen läßt, verteidigte sich Don Garcia erfolgreich gegen seine beiden Gegner, die ihren Anführer nicht sobald auf dem Pflaster sahen, als sie Hals über Kopf flüchteten.

»Bringen wir uns eiligst in Sicherheit«, sagte Don Garcia, »'s ist jetzt keine Zeit zur Belustigung. Lebt wohl, meine Schönen!« Und er zog Don Juan mit sich, der ganz verstört über seine Tat war. Zwanzig Schritte vom Hause hielt Don Garcia an, um seinen Gefährten zu fragen, was er mit seinem Degen getan hätte.

»Meinen Degen?« sagte Don Juan, welcher nun erst bemerkte, daß er ihn nicht mehr in der Hand hatte ... »Ich weiß es nicht ... ich werd' ihn wahrscheinlich haben fallen lassen.«

»Verflucht«, schrie Don Garcia, »und Euer Name ist in den Korb eingegraben.«

In diesem Augenblicke sah man Leute mit Fackeln aus den Nachbarhäusern herauskommen und sich um den Sterbenden bemühen. Vom andern Straßenende näherte sich eilig eine Schar Bewaffneter. Sicherlich war das eine Runde, die durch das Geschrei der Musiker und den Waffenlärm herbeigelockt worden war.

Seinen Hut tief ins Gesicht ziehend und die untere Gesichtshälfte mit seinem Mantel bedeckend, stürzte sich Don Garcia trotz der Gefahr mitten unter all die versammelten Menschen, da er den Degen wiederzufinden hoffte, durch den man unzweifelhaft den Schuldigen ermitteln würde. Don Juan sah ihn nach rechts und links um sich schlagen, die Lichter auslöschen und alles, was sich auf seinem Wege befand, über den Haufen werfen. Aus allen Kräften laufend, erschien er bald wieder; in jeder Hand hielt er einen Degen.

»Ach, Don Garcia«, rief Don Juan, den Degen nehmend, den er ihm hinhielt, »wieviel Dank schulde ich Euch.«

»Fliehen wir, fliehen wir!« schrie Don Garcia. »Folgt mir, und wenn einer von den Schuften Euch zu nahe kommt, dann macht ihn nieder, wie Ihr's eben mit dem andern getan habt!«

Beide huben sie nun an zu laufen, und zwar mit aller Schnelligkeit, die ihre natürliche Kraft hergeben mochte, welche noch durch die Angst vor dem Herrn Corregidor vermehrt ward, der von den Studenten noch mehr als von den Dieben gefürchtet wurde.

Don Garcia kannte Salamanca wie sein *Deus det*[1]. Äußerst geschickt wußte er die Straßenecken zu nehmen und sich in die engen Gäßchen zu werfen, während sein Gefährte, der noch Neuling war, ihm nur mit großer Mühe folgen konnte. Der Atem begann ihnen auszugehn, als sie an einer Straßenecke einer Studentenschar begegneten, die, singend und Gitarre spielend, lustwandelte. Sowie die merkten, daß zwei ihrer Kameraden verfolgt wurden, griffen sie nach Steinen, Stöcken und allen möglichen Waffen. Die Häscher, welche ganz atemlos waren, hielten es nicht für geraten, sich in ein Scharmützel einzulassen. Vorsichtig entfernten sie sich, während die beiden Übeltäter sich in eine benachbarte Kirche zu flüchten beabsichtigten, um sich einen Augenblick auszuruhen.

Unter dem Portal wollte Don Juan seinen Degen in die Scheide stecken, da er es weder schicklich noch christlich fand, mit einer Waffe in der Hand in ein Gotteshaus zu treten. Die Scheide aber leistete Widerstand, die Klinge ließ sich nur mit Mühe hineinstecken; kurz, er merkte, daß der Degen, den er in der Hand hielt, nicht der seinige war. In der Eile hatte Don Garcia den ersten Degen, den er auf der Erde gefunden hatte, aufgerafft, und das war der des Toten oder eines seiner Helfershelfer gewesen. Die Sache war übel; Don Juan

---

1   Gebe (es) Gott

setzte seinen Freund, von dem er annahm, daß er überall Rat schaffte, davon in Kenntnis.

Don Garcia runzelte die Stirn, biß sich auf die Lippen, zerknitterte seine Hutkrämpe und lief auf und ab, während Don Juan, ganz bestürzt über die eben gemachte Entdeckung, sich ebensosehr seiner Unruhe wie den Gewissensbissen überließ. Nach einer Viertelstunde Nachdenkens, während welcher Don Garcia den guten Geschmack besaß, nicht ein einziges Mal zu sagen: »Warum ließet Ihr Euren Degen fallen?« nahm er Don Juan beim Arm und sagte zu ihm: »Kommt mit mir, ich weiß Rat in Eurer Sache!«

In diesem Augenblicke kam ein Priester aus der Sakristei der Kirche und wollte auf die Straße treten; Don Garcia hielt ihn an: »Hab' ich nicht die Ehre mit dem weisen Lizentiaten Gomez zu sprechen?« sagte er, sich tief vor ihm verneigend.

»Ich bin noch kein Lizentiat«, antwortete der Priester, augenscheinlich sehr geschmeichelt für einen Lizentiaten gehalten zu werden. »Ich heiße Manuel Tordoya, Euch zu Diensten.«

»Mein Vater«, sagte Don Garcia, »Ihr seid grade der, mit dem ich zu sprechen wünsche; es handelt sich um einen Gewissensfall; wenn das Gerücht mich nicht täuschte, seid Ihr der Verfasser des berühmten Traktates ›*De casibus conscientiae*‹, das in Madrid solches Aufsehen hervorrief?«

Der Priester verfiel der Sünde der Eitelkeit und antwortete stotternd, daß er nicht der Verfasser dieses Buches sei (welches in Wahrheit niemals existiert hatte), sich aber eifrig mit ähnlichen Materien beschäftige. Don Garcia hatte seine Gründe, ihm nicht zuzuhören und fuhr solcherart fort: »Dies, mein Vater, ist in drei Worten die Angelegenheit, um welcher willen ich Euch um Rat fragen möchte. Einer meiner Freunde ist heute vor weniger als einer Stunde auf der Straße von einem Mann angehalten worden, der zu ihm sagte: ›Edler Herr, ich will mich zwei Schritte von hier schlagen, mein Widersacher hat einen Degen, der länger als meiner ist; wollet mir Euren leihen, damit die Waffen gleich sind.‹ Und mein Freund hat den Degen mit ihm getauscht. Er wartet einige Zeit an der Straßenecke, daß die Sache zu Ende kommt. Als er kein Waffenklirren mehr hört, nähert er sich;

was sieht er? Ein Mann liegt tot auf dem Boden, von dem nämlichen Degen durchbohrt, den er eben verliehen hat. Seit diesem Augenblick ist er verzweifelt, macht sich seine Gefälligkeit zum Vorwurf und fürchtet eine Todsünde begangen zu haben. Ich aber versuche ihn zu beruhigen; halte es für eine läßliche Sünde, weil er, wenn er seinen Degen nicht geliehen hätte, Ursache gewesen wäre, daß die beiden Männer sich mit ungleichen Waffen bekämpft hätten. Was haltet Ihr davon, mein Vater? Seid Ihr nicht meiner Meinung?«

Der Priester, welcher ein Kasuistikerschüler war, spitzte die Ohren bei dieser Geschichte und rieb sich einige Zeit lang die Stirn wie ein Mensch, der ein Zitat sucht. Don Juan wußte nicht, worauf hinaus Don Garcia wollte; fügte aber, da er eine Dummheit zu begehen fürchtete, nichts hinzu.

»Mein Vater«, fuhr Garcia fort, »die Frage ist recht kitzlich, da auch ein so großer Gelehrter wie Ihr sie zu lösen zaudert. Wenn Ihr erlaubt, werden wir morgen wiederkommen, um Eure Ansicht zu hören. Währenddem wollet bitte einige Messen für des Toten Seele lesen oder lesen lassen.« Mit diesen Worten schob er zwei oder drei Dukaten in des Priesters Hand, was diesen vollends für so fromme, so gewissenhafte und vor allem so freigebige junge Leute einnahm. Er versicherte, daß er ihnen andern Tages am nämlichen Orte seine Meinung schriftlich sagen würde. Don Garcia erging sich in unendlichen Danksagungen; dann fügte er ungezwungen, wie wenn es eine wenig wichtige Bemerkung wäre, hinzu: »Vorausgesetzt, daß uns das Gericht nicht verantwortlich für diesen Todesfall macht. Um uns mit Gott wieder auszusöhnen, vertrauen wir auf Euch.«

»Was das Gericht anlangt«, sagte der Priester, »so habt Ihr nichts von ihm zu befürchten. Euer Freund ist, da er ja nur seinen Degen lieh, gesetzlich nicht strafbar.«

»Ja, mein Vater, der Mörder hat aber die Flucht ergriffen. Man wird die Wunde untersuchen, wird vielleicht den blutigen Degen finden ... was weiß ich? Die Männer des Gerichts sind schrecklich, wie es heißt.«

»Ihr seid doch Zeuge«, fragte der Priester, »daß der Degen geliehen wurde?«

»Gewiß«, sagte Don Garcia; »vor allen Gerichtshöfen des Königreichs kann ich das beschwören. Überdies«, fuhr er mit dem einschmeichelndsten Tone fort, »würdet Ihr, mein Vater, ja da sein, um die Wahrheit zu bezeugen. Lange, ehe die Sache bekannt wurde, sind wir zu Euch gekommen, um Euren geistigen Rat einzuholen. Ihr könntet den Tausch sogar bestätigen … Hier ist der Beweis.« Und er nahm Don Juans Degen. »Schaut doch den Degen hier«, sagte er, »wie er sich in dieser Scheide ausnimmt!«

Der Priester neigte den Kopf, er schien von der Wahrheit der ihm erzählten Geschichte überzeugt zu sein. Ohne zu sprechen, wog er die Dukaten, die man ihm in die Hand geschoben, ab und fand dabei abermals einen unwiderleglichen Beweis zugunsten der jungen Leute.

»Was geht uns überdies das Gericht an, mein Vater«, erklärte Don Garcia mit einem gar frommen Tone, »wir wollen ja mit dem Himmel versöhnt werden.«

»Auf morgen, meine Kinder«, sagte der Priester und zog sich zurück.

»Auf morgen«, antwortete Don Garcia, »wir küssen Euch die Hände und zählen auf Euch.«

Als der Priester weg war, machte Don Garcia einen Freudensprung. »Es lebe die Simonie!« rief er, »wir stehen nun besser da, hoff' ich. Wenn das Gericht sich um uns bekümmert, so ist dieser gute Vater um der Dukaten, die er von uns erhalten hat, und um derer willen, die er noch von uns zu kriegen hofft, zu schwören bereit, daß wir so wenig wie ein neugeborenes Kind mit dem Tode des eben von Euch aus der Welt geschafften Edelmanns zu tun haben. Geht jetzt nach Hause, paßt aber tüchtig auf und öffnet Eure Tür nur gegen hinreichende Bürgschaft; ich, ich will durch die Stadt laufen und mich ein bißchen umhören.«

Don Juan kehrte in sein Zimmer zurück und warf sich angekleidet auf das Bett. Schlaflos verbrachte er die Nacht und dachte nur an den begangenen Mord und vor allem an seine Folgen. Jedesmal wenn er auf der Straße die Schritte eines Menschen hörte, bildete er sich ein, das Gericht wolle ihn verhaften. Da er indessen müde war und noch einen schweren Kopf von einem Studentenmahle, dem er beiwohnte, hatte, schlief er im Augenblick, wo die Sonne aufging, ein. Er ruhte bereits einige Stunden, als sein Diener ihn mit der Meldung weckte, eine verschleierte Dame wünschte ihn zu sprechen. Im nämlichen Augenblick trat eine Frau in sein Gemach. Vom Kopf bis zu den Füßen war sie in einen weiten schwarzen Mantel eingehüllt, der nur ein Auge unbedeckt ließ. Dies Auge blickte erst auf den Diener, dann auf Don Juan, wie wenn sie ihn ohne Zeugen sprechen möchte. Der Diener ging sofort hinaus. Die Dame setzte sich und blickte Don Juan mit der größten Aufmerksamkeit an. Nach einem augenblicklichen Schweigen hub sie folgendermaßen an:

»Mein Verhalten, Herr Ritter, ist etwas überraschend und Ihr müßt zweifelsohne eine recht mäßige Meinung von mir bekommen; wenn man aber die Gründe kennte, die mich hierher führen, würd' man mich gewißlich nicht tadeln. Ihr habt Euch gestern mit einem Edelmanne dieser Stadt geschlagen ...«

»Ich, gnädige Frau!« rief Don Juan erbleichend. »Ich bin nicht aus dem Zimmer hinausgegangen.«

»Es ist zwecklos sich mir gegenüber zu verstellen, und ich muß Euch das Beispiel des Freimutes geben.« Also redend, schlug sie ihren Mantel zurück und Don Juan erkannte Donna Theresa. »Herr Don Juan«, fuhr sie errötend fort, »ich muß Euch gestehen, daß mich Eure Tapferkeit bis aufs äußerste für Euch einnahm. Trotz all meiner Aufregung hab' ich bemerkt, daß Euer Degen zerbrach und daß Ihr ihn bei unserer Tür fortwarfet. Im Augenblick, wo man sich um den Toten bemühte, bin ich hinuntergeeilt und habe den Korb dieses Degens aufgehoben. Beim Betrachten hab' ich Euren Namen gelesen und habe begriffen, wie sehr Ihr bloßgestellt sein würdet, wenn er in Eurer Feinde Hände fiele. Hier ist er, ich bin glücklich, ihn Euch zurückgeben zu können.«

Wie recht und billig fiel Don Juan ihr zu Füßen und sagte, daß er ihr das Leben verdanke, aber es sei ein zweckloses Geschenk, da sie ihn vor Liebe sterben ließe. Donna Theresa hatte Eile und wollte sich sofort entfernen, indessen lauschte sie Don Juan mit so viel Vergnügen, daß sie sich nicht zum Weggehn entschließen konnte. Eine Stunde etwa verging so; Schwüre ewiger Liebe, Handküsse, Bitten der einen und schwache Weigerungen der andern Seite füllten sie aus. Plötzlich erschien Don Garcia und unterbrach das Gespräch unter vier Augen. Er war nicht der Mann sich zu entrüsten. Seine erste Sorge war Theresa sicher zu machen. Er lobte ihren Mut und ihre Geistesgegenwart sehr und endigte mit der Bitte sich bei ihrer Schwester zu verwenden, um ihm eine menschlichere Aufnahme zu verschaffen. Donna Theresa versprach alles, was er wollte, hüllte sich wieder dicht in ihren Mantel ein und ging fort, nachdem sie versprochen hatte, sich am selben Abend mit ihrer Schwester an einer näher bezeichneten Stelle der Promenade einzufinden.

»Unsere Sache geht gut«, sagte Don Garcia, sowie die beiden jungen Männer allein waren. »Kein Mensch hat einen Verdacht auf Euch. Der Corregidor, der mir durchaus übel will, hat mir anfangs die Ehre erwiesen, an mich zu denken. Er wäre überzeugt, sagte er, daß ich Don Cristoval getötet hätte. Wißt Ihr, was ihn seine Meinung hat ändern lassen? Man hat ihm erzählt, ich hätte den ganzen Abend mit Euch verbracht, und Ihr, mein Lieber, steht in einem so hohen Rufe von Heiligkeit, daß Ihr noch andern davon abgeben könnt. Wie man auch sein möge, an uns denkt man nicht. Der Schelmenstreich dieser wackeren kleinen Theresa beruhigt uns für die Zukunft: also denken wir nicht mehr daran und beschäftigen wir uns mit unserm Vergnügen.«

»Ach, Garcia«, rief Don Juan traurig, »einen von seinesgleichen zu töten, ist ein übel Ding!«

»Es gibt etwas viel Übleres«, antwortete Don Garcia, »nämlich von seinesgleichen getötet zu werden; und ein Drittes, welches die beiden andern Übel noch übertrifft, nämlich einen Tag ohne Mittagessen zu verbringen. Darum lad' ich Euch ein, heute mit einigen lustigen Leutchen, die entzückt sein werden Euch zu sehen, bei mir zu speisen.« Und also redend, ging er fort.

Die Liebe zerstreute unseres Helden Gewissensbisse bereits mächtig. Eitelkeit erstickte sie vollends. Die Studenten, mit welchen er bei Garcia speiste, hatten von dem gehört, wer in Wirklichkeit Don Cristovals Mörder war. Dieser Cristoval war seines Mutes und seiner Gewandtheit wegen berühmt und von den Studenten sehr gefürchtet worden: so konnte sein Tod sie nur froh stimmen, und sein glücklicher Widersacher wurde mit Glückwünschen überhäuft. Ihren Worten nach war er die Ehre, die Blüte und der starke Arm der Universität. Mit Begeisterung trank man auf sein Wohl und ein Student aus Murcia sagte aus dem Stegreif ein Sonett zu seinem Lob auf, in welchem er ihn mit dem Cid und Bernard del Carpio verglich.

Als Don Juan vom Tisch aufstand, fühlte er wohl noch einen Druck auf dem Herzen; wenn er aber die Macht besessen hätte Don Cristoval auferstehen zu lassen, würde er vielleicht nicht Gebrauch davon gemacht haben, aus Furcht, das Ansehen und den Ruf zu verlieren, welche dieser Tod ihm auf der ganzen Universität Salamanca erworben hatte.

Als der Abend gekommen, war man auf beiden Seiten pünktlich beim Stelldichein, das an den Ufern der Tormes stattfand. Donna Theresa nahm Don Juans Hand (damals bot man Damen noch nicht seinen Arm an) und Donna Fausta Don Garcias. Nach einigen Promenadegängen trennten sich beide Paare ziemlich zufrieden mit dem Versprechen sich nicht eine Gelegenheit des Wiedersehens entgehen zu lassen.

Als sie die beiden Schwestern verließen, begegneten sie einigen Zigeunerinnen, welche mit Schellentrommeln inmitten einer Studentenschar tanzten. Sie mischten sich unter sie. Die Tänzerinnen gefielen Don Garcia und er entschloß sich sie zum Abendessen mitzunehmen. Der Vorschlag ward gleich gemacht und gleich angenommen. In seiner Eigenschaft als fidus Achates nahm Don Juan daran teil.

Gereizt über den Ausspruch einer Zigeunerin, daß er wie ein Probemönch aussähe, legte er es darauf an, alles nur Erdenkliche zu tun, um zu beweisen, daß diese Stichelrede durchaus nicht auf ihn paßte: er fluchte, tanzte, spielte und trank allein ebensoviel wie zwei Studenten im zweiten Jahre hätten trinken können. Man hatte viel Mühe ihn nach Mitternacht nach Hause zu bringen; er war etwas mehr als betrunken und in einem solchen Wutzustande, daß er Salamanca anzünden und die ganze Tormes austrinken wollte, um das Löschen des Brandes zu verhindern.

So verlor Don Juan die guten Eigenschaften, welche Natur und Erziehung ihm verliehen hatten, eine nach der andern. Nach dreimonatigem Aufenthalt in Salamanca hatte er unter Don Garcias Leitung die arme Theresa vollkommen verführt; sein Kamerad war seinerseits acht bis zehn Tage eher zum Ziele gelangt. Anfangs liebte Don Juan seine Geliebte mit der ganzen Liebe, die ein Knabe seines Alters für die erste Frau empfindet, die sich ihm hingibt. Mühelos bewies Don Garcia ihm jedoch, daß die Beständigkeit eine chimärische Tugend sei; überdies würde er, wenn er sich anders als seine Kameraden bei den auf der Universität üblichen Ausschweifungen benähme, Anlaß geben, daß Theresas Ruf dadurch schweren Schaden erlitte. »Denn«, sagte er, »nur eine sehr hitzige und befriedigte Liebe begnügt sich mit einer einzigen Frau.« Außerdem ließ Don Juan die schlechte Gesellschaft, in die er sich gestürzt hatte, nicht einen ruhigen Augenblick. Er erschien kaum in den Vorlesungen oder durch schlaflose Nächte und Ausschweifungen so geschwächt, daß er bei den weisen Lehren der berühmtesten Professoren einschlief. Auf der Promenade dagegen war er stets der erste und der letzte. Und was seine Nächte anlangte, so verbrachte er die, welche Theresa ihm nicht gewähren konnte, in der Schenke oder an einem noch üblern Orte.

Eines schönen Morgens hatte er ein Briefchen von seiner Dame empfangen, worin sie ihm das Bedauern ausdrückte, ein für die Nacht versprochenes Stelldichein absagen zu müssen. Eine alte Tante war eben in Salamanca eingetroffen und man hatte ihr Theresas Zimmer angewiesen, welche in dem ihrer Mutter schlafen sollte. Diese Enttäuschung betrübte Don Juan nur sehr mäßig; er fand schon ein Mittel seinen Abend gut anzuwenden. Im Augenblick, wo er mit seinen Plänen beschäftigt auf die Straße trat, überreichte Ihm eine verschleierte Frau ein Briefchen: es kam von Theresa. Sie hatte ein Mittel gefunden, ein andres Gemach zu bekommen, und mit ihrer Schwester alles für das Stelldichein vorbereitet. Don Juan zeigte Don Garcia den Brief. Sie zauderten einige Zeit, dann kletterten sie endlich mechanisch und wie aus Gewohnheit auf den Balkon ihrer Geliebten. Donna Theresa hatte an ihrem Busen ein ziemlich ansehnliches Muttermal. Eine außergewöhnliche Gunst war's, als Don Juan zum erstenmal die

Erlaubnis bekam es betrachten zu dürfen. Einige Zeit über sah er es unaufhörlich an als das Entzückendste, was es auf Erden gab. Bald verglich er es mit einem Veilchen bald mit einer Anemone bald mit einer Alfalfablüte. In seiner Übersättigung aber hörte das Muttermal, das wirklich sehr hübsch war, bald auf, so auf ihn zu wirken. – Es ist ein großer schwarzer Fleck, das ist alles, sagte er sich seufzend …, es ist wirklich schade, daß er da sitzt. Das sieht, potzblitz wie eine Speckschwarte aus. Der Teufel hole das Muttermal. – Eines Tages fragte er Theresa sogar, ob sie nicht einen Arzt nach Mitteln, es wegzubringen, gefragt hätte. Worauf das arme Mädchen bis ins Weiße der Augen errötend, antwortete, daß nicht ein Mann außer ihm das Muttermal gesehen hätte; überdies habe Ihr ihre Amme stets gesagt, daß solche Zeichen Glück brächten.

Am besagten Abend war Don Juan ziemlich übelgelaunt zum Stelldichein gekommen und sah das fragliche Zeichen wieder, welches ihm noch größer als die früheren Male vorkam. – Es sieht, bei Gott, wie eine dicke Ratte aus, sagte er es betrachtend bei sich selber. Es ist wirklich zu unförmlich. Es ist ein Verdammungszeichen wie das, mit dem Kain gestempelt ward. Der Teufel muß einen reiten, daß man solch eine Frau zu seiner Geliebten macht.

Er war äußerst verdrießlich. Grundlos zankte er sich mit der armen Theresa, brachte sie zum Weinen und verließ sie gegen Morgengrauen, ohne sie umarmen zu wollen. Don Garcia, der zugleich mit ihm fortging, tat einige Schritte, ohne zu reden; dann blieb er plötzlich stehn:

»Gebt zu, Don Juan«, sagte er, »daß wir uns heute Nacht recht gelangweilt haben. Ich bin noch ganz erschöpft davon und hab' große Lust, die Prinzessin ernstlich zum Teufel zu jagen.«

»Unrecht habt Ihr«, sagte Don Juan, »die Fausta ist eine reizende Person, wie ein Schwan so weiß und hat immer gute Laune. Und dann liebt sie Euch doch so heiß. Wahrlich, Ihr seid glücklich daran.«

»Weiß, nun schön; ich gebe zu, daß sie weiß ist; aber sie hat keine Farbe und neben ihrer Schwester sieht sie wie eine Eule neben einer Taube aus. Ihr seid recht glücklich.«

»Mittelmäßig«, antwortete Don Juan. »Die Kleine ist recht hübsch, ist aber ein Kind. Man kann nicht vernünftig mit ihr reden. Ihr Kopf steckt voller Ritterromane und über die Liebe hat sie sich die überspanntesten Ansichten gebildet. Ihr macht Euch keinen Begriff, wie anspruchsvoll sie ist.«

»Weil Ihr zu jung seid, Don Juan, und Eure Geliebte nicht abzurichten wißt. Ein Weib, seht Ihr, ist wie ein Pferd: wenn Ihr's schlechte Gewohnheiten annehmen laßt, wenn Ihr Ihm nicht beibringt, daß Ihr ihm keine Laune durchgehen laßt, werdet Ihr niemals etwas bei ihm durchsetzen.«

»Sagt mir, Don Garcia, behandelt Ihr Eure Liebsten wie Eure Pferde? Wendet Ihr häufig die Gerte an, um sie von ihren Launen abzubringen?«

»Selten; doch ich bin zu gut. Halt, Don Juan, wollt Ihr mir nicht Eure Theresa abtreten? Nach vierzehn Tagen wird sie geschmeidig wie ein Handschuh sein, das versprech' ich Euch. Dagegen biet' ich Euch Fausta an. Seid Ihr damit einverstanden?«

»Der Handel würde ganz nach meinem Geschmacke sein«, sagte Don Juan lächelnd, »wenn die Damen ihrerseits darein einwilligten. Donna Fausta würde Euch aber niemals abtreten wollen. Zu viel würde sie beim Tausche verlieren.«

»Ihr seid zu bescheiden; beruhigt Euch aber nur. Ich habe sie gestern so in Wut gebracht, daß ihr der Nächstbeste neben mir wie ein Engel des Lichts neben einem Verdammten erscheinen würde. Wißt Ihr, Don Juan«, fuhr Don Garcia fort, »daß ich's ganz ernst meine?« Und Don Juan lachte noch stärker über den Ernst, mit dem sein Freund solche Überspanntheiten vorbrachte.

Diese erbauliche Unterhaltung wurde durch das Dazwischentreten mehrerer Studenten unterbrochen, die ihren Gedanken eine andre Richtung gaben. Als jedoch der Abend gekommen war und die beiden Freunde vor einer Flasche Montillawein saßen, neben der ein kleiner Korb voll Valenzianer Eicheln stand, hub Don Garcia wieder an sich über seine Liebste zu beklagen. Er hatte eben einen Brief von Fausta erhalten voller Zärtlichkeiten und sanfter Vorwürfe, durch die ihr heiterer Sinn und ihre Gewohnheiten, jegliches Ding von seiner lächerlichen Seite zu betrachten, durchschimmerte.

»Hier«, sagte Don Garcia, Don Juan maßlos gähnend den Brief reichend, »lest diesen Leckerbissen. Noch ein Stelldichein für heute Abend. Doch der Teufel soll mich holen, wenn ich hingehe!«

Don Juan las den Brief und fand ihn reizend. »Wahrlich«, sagte er, »wenn ich eine Geliebte wie Eure hätte, würd' ich alles daransetzen sie glücklich zu machen.«

»Nehmt sie doch, mein Lieber«, rief Don Garcia, »nehmt sie, befriedigt Eure Lust an ihr. Ich tret' Euch meine Rechte an sie ab; oder tun wir was besseres«, fügte er sich erhebend, wie durch eine plötzliche Eingebung erleuchtet, hinzu, »spielen wir um unsere Liebsten. Hier sind Karten. Spielen wir eine Partie L'Hombre. Donna Fausta ist mein Einsatz; Ihr aber sollt Donna Theresa setzen.«

Don Juan lachte Tränen über seines Kameraden närrischen Einfall, nahm die Karten und mischte sie. Wiewohl er seinem Spiele fast gar keine Aufmerksamkeit schenkte, gewann er. Ohne Kummer über sein verlorenes Spiel zu zeigen, bat Don Garcia sich Schreibutensilien und stellte eine Art eigenen Wechsel aus, der auf Donna Fausta gezogen wurde, auf dem er ihr ausdrücklich einschärfte, sich dem Überbringer zur Verfügung zu stellen, genau so, wie wenn er an seinen Verwalter geschrieben hätte, einem seiner Gläubiger hundert Dukaten zu zahlen.

Unter stetem Gelächter bot Don Juan Don Garcia ein Revanchespiel an. Der aber lehnte es ab. »Wenn Ihr ein bißchen Mut habt«, sagte er, »so nehmt meinen Mantel und geht nach der kleinen Tür, die Ihr ja gut kennt. Dort werdet Ihr nur Fausta finden, da die Theresa Euch ja nicht erwartet. Folgt ihr, ohne ein Wort zu sagen; wenn Ihr einmal in ihrem Zimmer seid, ist's sehr gut möglich, daß sie einen Augenblick überrascht ist und sogar ein oder zwei Tränen vergießt; das aber darf Euch nicht irre machen. Seid sicher, sie wird nicht schreien. Zeigt ihr dann meinen Brief; sagt ihr, ich wäre ein schrecklicher Verbrecher, ein Ungeheuer, sagt, alles was Ihr wollt; sie kann sich leicht und schnell rächen, und diese Rache, des seid sicher, wird sie sehr süß finden.«

Jedes der Worte des verteufelten Garcia machte stärkeren Eindruck auf Don Juans Herz und sagte ihm, was er bislang für einen zwecklosen Spaß gehalten habe, könne in der angenehmsten Weise für ihn ausgehn. Er hörte zu lachen auf und des Vergnügens Röte begann sich auf seiner Stirn zu zeigen.

»Wenn ich sicher wäre«, sagte er, »das Fausta in solchen Tausch einwilligte ...«

»Sie wird einwilligen!« rief der Wüstling. »Was für ein Gelbschnabel seid Ihr doch noch, Kamerad, daß Ihr glaubt, ein Weib könne, zwischen einem Liebhaber von sechs Monaten und einem Liebsten von einem Tage schwanken! Geht; beide werdet Ihr mir morgen danken, daran zweifle ich nicht; und die einzige Belohnung, um die ich Euch bitte, ist die Erlaubnis Theresa den Hof machen zu dürfen, um mich schadlos zu halten.« Als er dann sah, daß Don Juan mehr als halb überzeugt war, sagte er: »Entscheidet Euch, denn ich für meinen Teil mag Fausta heute abend nicht sehn. Wenn Ihr nicht wollt, geb' ich diesen Wechsel dem dicken Fabrique und für den wird's ein unverhoffter Bissen sein!«

»Meiner Treu', geschehe was da will«, rief Don Juan, das Schreiben an sich reißend; und um sich Mut zu machen, goß er auf einen Zug ein volles Glas Montillawein hinunter.

Die Stunde näherte sich. Don Juan, den eine Spur von Gewissen noch zurückhielt, trank Glas auf Glas, um sich zu betäuben. Endlich schlug die Stunde. Don Garcia warf seinen Mantel über Don Juans Schulter und führte ihn bis vor seiner Liebsten Tür; nachdem er das abgemachte Zeichen gegeben hatte, wünscht er ihm eine gute Nacht und entfernte sich, ohne sich die mindesten Gewissensbisse über die schlechte Handlung, die er eben beging, zu machen.

Sofort tat sich die Tür auf. Donna Fausta wartete seit einiger Zelt.

»Seid Ihr's, Don Garcia?« fragte sie mit leiser Stimme. »Ja«, antwortete Don Juan noch leiser, sein Gesicht in den Falten des weiten Mantels verbergend. Er trat ein, und als man die Tür verschlossen hatte, begann er mit seiner Führerin eine dunkle Treppe hinaufzusteigen.

»Nehmt meinen Mantillasaum«, sagte sie, »und folgt mir so leise, wie es Euch möglich ist.«

In wenigen Augenblicken befand er sich in Donna Faustas Zimmer. Eine einzige Lampe verbreitete dort eine mäßige Helligkeit. Anfangs stand Don Juan, ohne Mantel und Hut abzulegen aufrecht mit dem Rücken nach der Tür hin, da er sich noch nicht zu zeigen wagte. Donna Fausta betrachtete ihn einige Zeit, ohne ein Wort verlauten zu lassen; dann näherte sie sich ihm plötzlich mit ausgebreiteten Armen. Da ließ Don Juan seinen Mantel fallen und ahmte ihre Bewegung nach.

»Wie, Ihr seid's, Herr Don Juan?« rief sie. »Ist Don Garcia etwa krank?«

»Krank? Nein«, antwortete Don Juan, »doch er kann nicht kommen. Darum hat er mich zu Euch gesandt.«

»O, wie mich das betrübt! Aber sagt mir doch, hindert ihn etwa eine andre Frau am Kommen?«

»Ihr wißt also, daß er recht liederlich ist? ...«

»Wie wird meine Schwester sich freuen Euch zu sehen. Das arme Kind, sie meinte, Ihr würdet nicht kommen. Laßt mich vorbei, ich will sie benachrichtigen.«

»Das hat keinen Zweck.«

»Ihr seht merkwürdig aus, Don Juan ... Ihr habt mir eine üble Nachricht zu bringen ... Sprecht, ist Don Garcia ein Unglück zugestoßen?«

Um sich eine mißliche Antwort zu ersparen, reichte Don Juan dem armen Mädchen Don Garcias ruchloses Schreiben. Eilig verschlang sie es, ohne es anfangs zu verstehen. Nochmals las sie es und konnte ihren Augen nicht glauben. Don Juan beobachtete sie aufmerksam und sah sie nach und nach sich über die Stirn streichen und sich die Augen reiben; ihre Lippen bebten, eine Todesblässe bedeckte ihr Antlitz und sie sah sich gezwungen, das Papier mit beiden Händen festzuhalten, damit es nicht auf die Erde fiele. Endlich erhob sie sich mit einer verzweifelten Anstrengung und rief: »All das stimmt nicht. Es ist eine schreckliche Fälschung. Nimmer hat Don Garcia das geschrieben!«

Don Juan antwortete: »Ihr kennt seine Handschrift. Er kannte den Preis des Schatzes nicht, den er besaß ..., und ich habe eingewilligt, weil ich Euch anbete ...«

Einen Blick tiefster Verachtung warf sie ihm zu und hub an den Brief mit der Aufmerksamkeit eines Advokaten wieder zu lesen, der in einem Akt eine Fälschung argwöhnt. Ihre Augen waren übermäßig aufgerissen und auf das Papier geheftet. Von Zeit zu Zeit entquoll ihnen eine dicke Träne und rann ihre Wangen hinunter, ohne daß sie mit den Wimpern blinzelte. Plötzlich lächelte sie ein wahnsinniges Lächeln und rief: »Das ist ein Scherz, nicht wahr? Das ist ein Scherz? Don Garcia ist da ... wird kommen ...«

»Es ist durchaus kein Scherz, Donna Fausta. Nichts ist wahrer als die Liebe, die ich zu Euch hege. Unglücklich würd' ich sein, wenn Ihr mir nicht glauben wolltet.«

»Elender!« rief Donna Fausta. »Doch wenn du die Wahrheit sagst, bist du ein noch größerer Verbrecher als Don Garcia.«

»Liebe entschuldigt alles, schöne Faustita. Don Garcia gibt Euch auf; nehmt mich zu Eurem Trost an. Auf der Türfüllung dort seh' ich Bacchus und Ariadne gemalt; laßt mich Euren Bacchus sein.«

Ohne ein Wort zu erwidern, nahm sie ein Messer von dem Tisch, und es über ihrem Kopfe schwingend, fuhr sie auf Don Juan los. Er aber hatte die Bewegung gesehen; packte sie am Arm, entwaffnete sie mühelos, und, da er sich für berechtigt hielt, sie für die Eröffnung der Feindseligkeiten zu bestrafen, küßte er sie drei- oder viermal und wollte sie zu einem kleinen Ruhebette hinziehen. Donna Fausta war eine schwache und zarte Frau, der Zorn aber verlieh ihr Kräfte. Bald sich an dem Hausrate festhaltend, bald sich mit Händen, Füßen und Zähnen wehrend, widerstand sie Don Juan. Lächelnd hatte Don Juan anfangs einige Hiebe hingenommen, bald aber war sein Zorn ebenso heftig wie seine Liebe.

Wütend umschlang er Fausta, ohne sich darum zu bekümmern, ob er ihre zarte Haut zerquetschte. Er war ein gereizter Ringer, der um jeden Preis über seinen Gegner triumphieren wollte, und fähig, ihn, wenn's sein mußte, zu ersticken, um den Sieg davonzutragen. Da nahm Fausta ihre Zuflucht zu der letzten Hilfe, die ihr blieb. Bis dahin hatte sie ein Gefühl weiblicher Scham daran gehindert, um Hilfe zu rufen; als sie sich aber fast überwunden sah, ließ sie das Haus von ihren Schreien widerhallen.

Don Juan fühlte, daß es sich für ihn nicht mehr darum handle, sein Opfer zu besitzen, und daß er vor allem auf seine Sicherheit bedacht sein müsse. Er wollte Fausta zurückstoßen und die Tür gewinnen, aber sie heftete sich an seine Gewänder und er vermochte sie nicht von sich abzuschütteln. Gleichzeitig ließ sich das beunruhigende Geräusch von sich öffnenden Türen hören; Schritte und Menschenstimmen kamen näher; nicht einen Augenblick galt's zu verlieren. Er machte eine Anstrengung, um Donna Fausta weit von sich fort zu stoßen; sie aber hatte ihn mit solcher Kraft am Wams gepackt, daß er sich mit ihr um sich selbst drehte, ohne etwas andres als einen Stellungswechsel zu gewinnen. Fausta war jetzt auf der Seite der Tür, welche sich nach innen öffnete. Fortgesetzt schrie sie. Zu nämlicher Zeit tat sich die Tür auf; ein Mann, der eine Arkebuse in der Hand hält, erscheint im Eingang. Er stößt einen überraschten Schrei aus und ein Knall folgt sofort. Die Lampe geht aus und Don Juan fühlt, daß Donna Faustas Hände sich lösen, und daß etwas Warmes und Feuchtes über die seinigen rinnt. Sie fällt oder gleitet vielmehr auf den Estrich. Die Kugel hatte ihr das Rückgrat zerschmettert; statt ihres Entführers hatte ihr Vater sie getötet. Als Don Juan sich frei fühlte, stürzte er sich mitten durch den Rauch der Arkebuse hindurch auf die Treppe los. Zuerst erhielt er einen Kolbenhieb vom Vater und einen Degenstich von dem ihm folgenden Lakaien. Doch weder der eine noch der andre verletzte ihn schwer. Den Degen zur Hand nehmend, suchte er sich einen Weg zu bahnen und die Fackel, welche der Lakai trug, auszulöschen. Entsetzt über seine entschlossene Miene zog sich der nach rückwärts zurück. Don Alonso von Ojeda aber, ein hitziger und unerschrockener Mann, stürzte sich, ohne zu zögern, auf Don Juan los: dieser parierte einige Kolbenhiebe und hatte anfangs zweifelsohne nur die Absicht sich zu verteidigen; doch die Gewohnheit beim Fechten sorgt dafür, daß nach einer Parade ein Gegenstoß nur mehr eine mechanische und fast unwillkürliche Bewegung ist. Nach einem Augenblicke stieß Donna Faustas Vater einen lauten Seufzer aus und sank tödlich verletzt zu Boden. Als Don Juan den Weg frei sah, stürzte er sich blitzschnell nach der Treppe, von da aus nach der Haustür und war im Handumdrehen auf der Straße, ohne von den Dienern verfolgt zu werden, die sich um ihren sterbenden Herrn scharten. Donna Theresa war auf den Arkebusenschuß hin herbeigeeilt, hatte die furchtbare Szene erblickt und war ohnmächtig an ihres Vaters Seite gesunken. Nur erst die Hälfte ihres Unglücks kannte sie.

Don Garcia trank grade die letzte Flasche Montillawein, als Don Juan bleich, blutbedeckt, mit verstörtem Blicke, zerrissenem Wams und einem Spitzenkragen, der einen halben Fuß über seine gewöhnlichen Grenzen hinausragte, in sein Zimmer stürzte und sich, ohne ein Wort hervorbringen zu können, atemlos in einen Sessel warf. Der andre begriff sofort, daß sich eben etwas Ernstes ereignet hatte. Zwei- oder dreimal ließ er Don Juan mühsam atmen, dann fragte er ihn nach Einzelheiten; nach zwei Worten war er im Bilde. Don Garcia, der sein gewöhnliches Phlegma nicht leicht verlor, lauschte ohne Wimperzucken der abgerissenen Erzählung, die sein Freund herstotterte. Dann füllte er ein Glas und reichte es ihm hin: »Trinkt«, sagte er, »Ihr habt's nötig. Das ist eine üble Sache«, fügte er hinzu, nachdem er selber getrunken hatte. »Einen Vater töten ist schlimm ... Dennoch gibt's Beispiele dafür, mit dem Eid angefangen. Das Böseste ist, daß Ihr keine fünfhundert Mann habt, alle in Weiß gekleidet, alle Eure Vettern, um Euch vor den Häschern Salamancas und des Toten Verwandten zu schützen ... Beschäftigen wir uns zuerst mit dem Dringlichsten ...« Drei oder zwei Schritte tat er durchs Zimmer wie um seine Gedanken zu sammeln.

»Nach einem solchen Kladderadatsch in Salamanca bleiben«, fuhr er fort, »wäre ein Wahnsinn. Don Alonso von Ojeda ist kein Krautjunker und überdies müssen Euch die Diener erkannt haben. Nehmen wir für einen Moment an, Ihr wäret nicht erkannt worden; Ihr habt jetzt an der Universität einen so vorteilhaften Ruf erworben, daß man Euch unweigerlich eine anonyme Freveltat anhängen wird. Seht, glaubt es mir, Ihr müßt abreisen, und zwar je eher, desto besser. Dreimal weiser seid Ihr hier geworden, als es einem Edelmann aus gutem Hause wohlansteht. Verlasset Minerva und versucht's ein bißchen mit

Mars; da werdet Ihr mehr Erfolg haben, denn Ihr habt gute Anlagen dazu. In Flandern schlägt man sich. Töten wir die Ketzer; nichts ist besser geeignet unsere leichten Sünden auf dieser Welt wieder gut zu machen. Amen! Wie der Prediger schließe ich.«

Das Wort Flandern wirkte wie ein Talisman auf Don Juan. Spanien verlassen, meinte er, hieße sich selbst entrinnen. Inmitten der Mühsale und Gefahren des Krieges würde er für seine Gewissensbisse keine Zeit finden. »Nach Flandern! Nach Flandern!« schrie er. »Wir wollen uns in Flandern töten lassen.«

»Von Salamanca nach Brüssel ist's weit«, erwiderte Don Garcia ernst, »und in Eurer Lage könnt Ihr nicht schnell genug abreisen. Denkt daran, daß, wenn der Herr Corregidor Euch erwischt, es Euch schwer fallen wird, eine Kampagne wo anders als auf den Galeeren Seiner Majestät mitzumachen.«

Nachdem er sich einige Augenblicke mit seinem Freunde besprochen hatte, legte Don Juan schnell sein Studentengewand ab. Er zog eine gestickte Lederweste an, wie sie damals die Militärleute trugen, setzte einen großen Hut mit herabhängender Krempe auf und vergaß nicht, seinen Gurt mit so vielen Dublonen zu füllen, wie Don Garcia ihm vorstrecken konnte. All diese Vorbereitungen dauerten nur einige Minuten. Zu Fuß machte er sich auf den Weg, verließ die Stadt, ohne erkannt zu werden und marschierte die ganze Nacht und den ganzen folgenden Tag, bis Sonnenhitze ihn Halt zu machen nötigte. In der ersten Stadt, in die er kam, kaufte er sich ein Pferd, und nachdem er sich mit einem Trupp Reisender zusammengetan hatte, gelangte er ohne Hindernisse nach Saragossa. Dort verweilte er einige Tage unter dem Namen Don Juan Carasco. Don Garcia, welcher Salamanca am Morgen nach seiner Abreise verließ, schlug einen andern Weg ein und stieß in Saragossa zu ihm. Dort nahmen sie keinen langen Aufenthalt. Nachdem sie in aller Hast Unserer Lieben Frau an der Säule ihre Ehrfurcht bezeigt hatten, nicht ohne dabei mit den aragonesischen Schönen zu äugeln, versahen sich beide mit einem guten Diener und begaben sich nach Barcelona, von wo aus sie sich nach Civitavecchia einschifften. Müdigkeit, Seekrankheit, die neuen Landschaftsbilder und Don Juans natürliche Leichtfertigkeit, all das kam zusammen, so daß er schnell die schrecklichen Szenen vergaß, die er hinter sich ließ. Einige Monate über ließen die Freuden, welche die beiden Freunde in Italien genossen, sie das Hauptziel ihrer Reise hintansetzen; als ihnen aber die Geldmittel ausgingen, taten sie sich mit einer Schar Landsleute zusammen, die tapfer und leicht an Beutel wie sie waren, und machten sich auf den Weg nach Deutschland. Als sie in Brüssel angelangt waren, ließ sich jedweder für die Kompagnie des Hauptmanns anwerben, der ihm gefiel. Die beiden Freunde wollten ihre ersten Waffentaten in der des Hauptmanns Manuel Gomare verrichten. Erstens weil er Andalusier war, zweitens weil es von ihm hieß, daß er von seinen Soldaten nur Mut und blankgeputzte und gut instand gehaltene Waffen verlange; was aber die Manneszucht anging, so drücke er ein Auge zu.

Entzückt über ihr gutes Aussehen, behandelte der sie gut und nach ihrem Gusto, das heißt, er gebrauchte sie bei allen gefahrvollen Unternehmungen. Das Glück war ihnen günstig gesinnt; und da, wo viele ihrer Kameraden den Tod fanden, empfingen sie nicht eine Wunde und fielen den Generälen auf. Sie bekamen am nämlichen Tag eine Fahnenjunkerstelle. Im Augenblicke, wo sie sich der Schätzung und Freundschaft ihrer Vorgesetzten sicher fühlten, gestanden sie ihre wirklichen Namen und nahmen ihre übliche Lebensweise wieder auf, will sagen, verbrachten den Tag bei Spiel und Trank und brachten in der Nacht den schönsten Frauen der Städte, wo sie den Winter über garnisonierten, Ständchen. Von ihren Eltern war ihnen verziehen worden, was sie nicht eben viel rührte, und sie hatten von ihnen Kreditbriefe für Antwerpener Bankiers erhalten. Davon machten sie tüchtig Gebrauch. Jung, reich, tapfer und unternehmend wie sie waren, machten sie zahlreiche Eroberungen im Sturme. Ich will mich nicht damit aufhalten näheres davon zu erzählen, es genüge dem Leser zu wissen, daß ihnen, wenn sie ein hübsches Weib sahen, jedes Mittel recht war, um sie zu erlangen. Versprechungen und Schwüre waren für diese unwürdigen Wüstlinge nur ein Spiel; und wenn Brüder oder Ehemänner an ihrer Aufführung etwas auszusetzen fanden, hatten sie zur Antwort gute Degen und erbarmungslose Herzen bereit.

Mit dem Frühjahr begann der Krieg wieder.

Bei einem Scharmützel, das für die Spanier ungünstig verlief, ward Hauptmann Gomare tödlich verwundet. Don Juan sah ihn fallen, lief zu ihm und rief einige Soldaten herbei, die ihn forttragen sollten. Der tapfere Hauptmann aber sammelte, was ihm noch an Kräften blieb, und sagte zu ihm: »Laßt mich hier sterben, ich fühle, daß es um mich geschehen ist. Es ist gleichviel, ob ich hier sterbe oder eine halbe Meile weiter weg. Behaltet Eure Soldaten; sie werden genug zu tun haben, denn ich sehe die Holländer sich eilends nähern ... Kinder«, fügte er, sich an die ihn umdrängenden Soldaten wendend, hinzu, »schart Euch um Eure Fahnen und schert Euch nicht um mich.«

Don Garcia trat in diesem Momente hinzu und fragte ihn, ob er nicht irgend welchen letzten Wunsch habe, der nach seinem Tod ausgeführt werden könne.

»Was zum Teufel wollt Ihr, daß ich in einem Augenblicke wie diesem möchte? ...«

Er schien sich einige Momente zu sammeln.

»Nie hab' ich viel an den Tod gedacht«, fuhr er fort, »und glaubte ihn mir nicht so nahe ... Ich würde nicht ärgerlich sein, wenn ich irgend einen Priester bei mir hätte ... Alle unsere Mönche aber sind beim Troß ... Es ist doch hart, ohne Beichte zu sterben.«

»Hier ist mein Gebetbuch«, sagte Don Garcia, ihm eine Weinflasche hinhaltend. »Trinkt Euch Mut an.«

Die Augen des alten Soldaten wurden trüber und trüber. Don Garcias Scherz wurde nicht von ihm bemerkt, die alten Soldaten aber, die um ihn herum standen, nahmen Ärgernis daran.

»Don Juan«, sagte der Sterbende, »kommt näher, mein Kind. Seht, ich mache Euch zu meinem Erben. Nehmt die Börse hier, alles enthält sie, was ich besitze; besser ist's, wenn sie Euch gehört, als jenen Exkommunizierten. Um eines nur bitte ich Euch, nämlich, laßt einige Messen für die Ruhe meiner Seele lesen!«

Don Juan versprach es ihm mit einem Handdruck, während Don Garcia ihn ganz leise auf jenen Unterschied hinwies, welcher zwischen den Meinungen eines Menschen, der da stirbt, und denen besteht, zu denen er sich bekennt, wenn er vor einem mit Flaschen bestandenen Tische sitzt. Einige Kugeln, die an ihren Ohren vorbeipfiffen, zeigten ihnen das Nahen der Holländer an. Die Soldaten stellten sich wieder in Reih' und Glied auf. Eilig sagte jeder dem Hauptmann Gomare Lebewohl und man bekümmerte sich nur mehr darum sich in guter Ordnung zurückzuziehen. Bei einem zahlreichen Feind, auf einem durch Regengüsse grundlosen Weg und mit Soldaten, die durch einen langen Marsch ermüdet waren, war das ziemlich schwierig. Dennoch konnten die Holländer sie nicht durchbrechen und standen am Abend von der Verfolgung ab, ohne eine Fahne erbeutet oder einen einzigen unverwundeten Gefangenen gemacht zu haben.

Am Abend saßen beide Freunde mit einigen Offizieren in einem Zelt und unterhielten sich über das Gefecht, an welchem sie eben teilgenommen. Man tadelte die Anordnungen des diensttuenden Befehlshabers und erklärte hinterdrein alles, was er hätte tun müssen. Dann kam man auf die Toten und Verwundeten zu sprechen.

»Dem Hauptmann Gomare«, sagte Don Juan, »werd' ich lange nachtrauern. Er war ein tapferer Offizier, ein guter Kamerad und seinen Soldaten ein wahrer Vater.« – »Ja«, sagte Don Garcia, »doch muß ich Euch eingestehn, ich bin nie überraschter gewesen als in dem Augenblicke, wo ich ihn so in Druck sah, weil er keinen Schwarzrock an seiner Seite hatte. Das beweist nur eins, daß es nämlich leichter ist in Worten als in Werken tapfer zu sein. So einer macht sich über eine in weiter Ferne liegende Gefahr lustig, wird aber bleich, wenn sie näher kommt. Da Ihr übrigens sein Erbe seid, Don Juan, so sagt uns doch, wieviel die Euch hinterlassene Börse enthält?«

Don Juan öffnete sie zum erstenmal und sah, daß etwa sechzig Goldstücke in ihr waren.

»Da wir bei Kasse sind«, erklärte Don Garcia, der gewohnt war seines Freundes Börse als die seinige zu betrachten, »warum spielen wir nicht eine Partie Pharao anstatt unsern verstorbenen Freunden Krokodilstränen nachzuweinen?«

Der Vorschlag fand allgemeinen Beifall; man brachte einige Trommeln her, über die man einen Mantel breitete. Die dienten als Spieltische. Von Don Garcia beraten spielte Don Juan zuerst; ehe er aber bezahlte, entnahm er seiner Börse zehn Goldstücke, die er in das Sacktuch wickelte und in seine Tasche steckte.

»Was zum Teufel wollt Ihr damit machen?« rief Don Garcia. »Ein alter Soldat und sparen und das am Abend vor einer Schlacht!«

»Ihr wißt, Don Garcia, daß nicht all das Geld mir gehört. Sub penae nomine, wie wir in Salamanca sagten, hat's mir Don Manuel vermacht.«

»Die Pest über den Narren!« schrie Don Garcia. »Der Teufel soll mich holen; ich glaube, er will diese zehn Goldstücke dem ersten Pfaffen, dem wir begegnen, geben.«

»Warum nicht? Ich hab's versprochen!«

»Schweigt doch. Bei Mahomeds Bart, Ihr macht mir Schande und ich kenne Euch nicht mehr.«

Das Spiel begann. Anfangs wechselte das Glück; bald aber wandte es sich entschieden gegen Don Juan. Um das Unglück zu hemmen, nahm Don Garcia die Karten, aber es war vergebens. Im Verlaufe von einer Stunde war alles Geld, was sie besaßen und Hauptmann Gomares Goldfüchse obendrein in des Bankhalters Hände übergegangen. Don Juan wollte schlafen gehn, Don Garcia aber erhitzt seine Revanche haben und alles Verlorene wiedergewinnen.

»Nun, Herr Angstmeier«, sagte er, »heraus mit jenen letzten Goldfüchsen, die Ihr so fein verwahrt habt. Sie werden uns Glück bringen, dessen bin ich gewiß!«

»Denkt daran, was ich versprach, Don Garcia.«

»Los, los, Ihr Kindskopf! Jetzt handelt's sich wahrlich um Messen! Wenn der Hauptmann hier wäre, würde er lieber eine Kirche plündern, als sich eine Karte entgehen zu lassen, ohne zu setzen.«

»Da sind fünf Goldstücke«, sagte Don Juan, »Setzt sie nicht auf einmal.«

»Keine Schwäche gezeigt!« sagte Don Garcia. Und setzte die fünf Goldstücke auf einen König. Er gewann, bog ein Paroli, verlor aber den zweiten Wurf. »Her mit den letzten fünf!« schrie er, vor Zorn erbleichend. Don Juan machte einige Einwände, die aber leicht besiegt wurden. Er gab nach und reichte ihm vier Goldstücke, welche sogleich den andern nachfolgten. Don Garcia warf dem Bankhalter die Karten an den Kopf und sprang wütend auf. Er sagte zu Don Juan: »Stets habt Ihr Glück gehabt und ich hab' sagen hören, daß ein letztes Goldstück große Macht besitzt, das Glück zu bannen.«

Don Juan war mindestens ebenso wütend wie er. Dachte weder an Messen noch an seinen Schwur. Setzte das einzige übriggebliebene Goldstück auf ein As und verlor es sofort.

»Zum Teufel mit Hauptmann Gomares Seele!« schrie er. »Sein Geld war, glaub' ich, verhext ...«

Der Bankhalter fragte, ob sie noch spielen wollten; da sie aber kein Geld mehr hatten und man Leuten, die alle Tage eine Kugel in den Schädel kriegen können, nichts stundet, mußten sie vom Spiel abstehen und sich bei den Zechern zu trösten suchen. Des armen Hauptmanns Seele war völlig in Vergessenheit geraten.

Einige Tage später gingen die Spanier, die Verstärkung erhalten hatten, wieder zum Angriff über und rückten vor. Sie durchquerten die Orte, wo man sich geschlagen hatte. Die Toten waren noch nicht beerdigt worden. Don Garcia und Don Juan trieben ihre Pferde an, um von den Leichen wegzukommen, die Augen und Nase zugleich beleidigten, als einer der Soldaten, der vor ihnen herzog, einen lauten Schrei ausstieß angesichts eines in einem Graben liegenden Körpers. Sie näherten sich und erkannten den Hauptmann Gomare, obwohl er gräßlich entstellt war. Seine verunstalteten und in furchtbaren Verzerrungen starrgewordenen Gesichtszüge bewiesen, daß er in seinen letzten Augenblicken entsetzlich hatte aushalten müssen. Obwohl Don Juan solche Schauspiele bereits gewöhnt war, konnte er sich angesichts dieses Kadavers, dessen erloschenen und mit geronnenem Blut angefüllten Augen scheinbar mit drohendem Ausdruck auf ihn gerichtet waren, eines Schauders nicht erwehren. Er erinnerte sich des armen Hauptmanns letzten Ansuchens, das auszuführen er unterlassen hatte. Die künstliche Härte jedoch, die er seinem Herzen schließlich aufgezwungen hatte, befreite ihn bald von derlei Gewissensbissen; schnell ließ er eine Grube graben, um den Hauptmann zu bestatten. Zufällig war ein Kapuziner da, der in Eile einige Gebete hersagte. Der mit Weihwasser besprengte Leichnam wurde mit Steinen und Erdreich bedeckt, und die Soldaten setzten schweigsamer als gewöhnlich ihren Weg fort: Don Juan bemerkte aber einen alten Arkebusier, welcher, nachdem er lange in seinen Taschen gekramt hatte, endlich ein Geldstück vorfand, das er dem Kapuziner gab und dabei sagte: »Dafür sollt ihr Messen für den Hauptmann Gomare lesen.« An diesem Tage legte Don Juan Proben von einer außergewöhnlichen Tapferkeit ab und setzte sich dem feindlichen Feuer so schonungslos aus, daß man hätte meinen mögen, er wolle sich töten lassen. »Wenn man keinen Pfennig mehr besitzt, ist man schon tapfer!« sagten seine Kameraden.

Kurze Zeit nach Hauptmann Gomares Tode ward ein junger Soldat als Rekrut in der Kompagnie zugelassen, in welcher Don Juan und Don Garcia dienten. Entschlossen und unerschrocken schien er zu sein, hatte aber einen tückischen und undurchsichtigen Charakter. Niemals sah man ihn mit den Kameraden trinken oder spielen; ganze Stunden lang saß er auf einer Bank in der Wache und war damit beschäftigt dem Fluge der Fliegen zuzusehen und seinen Arkebusenanzug spielen zu lassen. Die Soldaten, welche sich über seine Zurückhaltung lustig machten, hatten ihm den Spitznamen ›Modesto‹ gegeben. Unter diesem Namen war er in der Kompagnie bekannt und selbst seine Vorgesetzten nannten ihn nicht anders. Der Feldzug endigte mit der Belagerung von Berg-op-Zoom, die bekanntlich eine der mörderischsten in diesem Kriege war, da die Belagerten sich mit äußerster Erbitterung verteidigten. Eines Nachts hatten beide Freunde zusammen Schützengrabendienst. Die Gräben waren den Mauern des Ortes immer näher gerückt und dieser Posten war einer der gefährlichsten. Die Belagerten fielen häufig aus und feuerten lebhaft und treffsicher.

Der erste Teil der Nacht verlief unter ständigen Habt-Acht-Rufen. Dann schienen Belagerte und Belagerer in gleicher Weise der Müdigkeit zu erliegen. Auf der einen wie der andern Seite hörte man zu schießen auf und tiefes Schweigen breitete sich über die ganze Ebene aus; und wenn es unterbrochen wurde, geschah es nur durch vereinzelte Schüsse, die keinen andern Zweck hatten als zu beweisen, daß, wenn man auch sich zu bekämpfen aufgehört, man nichtsdestoweniger beständig auf seiner Hut sei. Es war etwa vier Uhr morgens. Der Augenblick, in welchem den Menschen, der gewacht hat, ein peinliches Kältegefühl überkommt; begleitet ist es von einer Art moralischer Niedergeschlagenheit, welche durch die physische Müdigkeit und die

Schlaflust hervorgerufen wird. Jeder ehrliche Soldat gibt zu, daß er sich unter solcher geistigen und körperlichen Verfassung zu Schwachheiten fähig fühlt, über die er nach Sonnenaufgang erröten würde.

»Potzblitz«, rief Don Garcia, der, um sich zu erwärmen, mit den Füßen stampfte und seinen Mantel fester um sich zog, »ich fühle, wie mein Mark in den Knochen erstarrt; ein holländischer Junge könnte mich, und wenn er auch nur einen Bierkrug als Waffe hätte, niedermachen. Wahrlich, ich erkenne mich nicht wieder. Ein Arkebusenschuß macht mich zittern. Meiner Treu', wenn ich fromm wäre, würde es nur von mir abhängen, den seltsamen Zustand, in dem ich mich befinde, für eine Benachrichtigung von oben zu halten.«

Alle Anwesenden und vor allem Don Juan waren maßlos überrascht ihn vom Himmel reden zu hören, denn er beschäftigte sich nicht eben viel mit ihm; oder wenn er von ihm sprach, geschah es, um sich über ihn lustig zu machen. Als er merkte, daß mehrere über diese Worte lächelten, rief er, von einer Eitelkeitsanwandlung belebt:

»Daß ich vor den Holländern, vor Gott oder dem Teufel Bange hätte, das möge sich nur keiner einbilden, denn mit dem würde ich beim Aufzug der Wache abzurechnen haben!«

»Die Holländer laß ich mir noch gefallen, doch vor Gott und Teufel darf man sich wohl fürchten«, sagte ein alter Hauptmann mit grauem Schnauzbarte, der an seiner Degenseite einen Rosenkranz hängen hatte.

»Was wollen sie mir denn Böses tun?« fragte Don Garcia. »Der Donner trifft nicht mal so gut wie eine protestantische Arkebuse!«

»Und Eure Seele?« fragte der alte Hauptmann, sich bei dieser gräßlichen Gotteslästerung bekreuzigend.

»Ach, was meine Seele anlangt ... so müßt' ich vor allem erst sicher sein, eine zu besitzen. Wer hat mir stets gesagt, daß ich eine Seele hätte? Die Priester. Nun bringt ihnen die Erfindung der Seele so viele schöne Einkünfte ein, daß sie sie sonder Zweifel wie Kuchenbäcker Torten erfunden haben, um sie zu verkaufen.«

»Don Garcia, Ihr werdet elend zu Grunde gehn«, sagte der alte Hauptmann. »Solche Redensarten sollte man im Laufgraben nicht im Munde führen.«

»Im Laufgraben wie anderswo sage ich, was ich denke. Doch will ich den Mund halten, denn meinem Kameraden Don Juan hier, will der Hut vom Kopfe fallen, so sehr sträuben sich seine Haare. Er glaubt nicht nur an die Seele, er glaubt auch noch an die Seelen im Fegefeuer.«

»Ich bin kein Freigeist«, antwortete Don Juan lachend, »und beneide Euch manchmal um Eure erhabene Gleichgültigkeit Dingen der andern Welt gegenüber; denn, mögt Euch Ihr auch über mich lustig machen, ich muß Euch gestehn, es gibt Augenblicke, wo das, was man von den Verdammten erzählt, mir unangenehme Träume bereitet.«

»Der beste Beweis von des Teufels geringer Macht ist, daß Ihr heute aufrecht hier im Schützengraben steht. Bei meiner Ehre, meine Herren«, fügte Don Garcia, Don Juan auf die Schulter klopfend, hinzu, »wenn's einen Teufel gäbe, würd' er den Jungen hier schon längst geholt haben. So jung er auch immer ist, wette ich, er ist wirklich ein Exkommunizierter. Mehr Frauen hat er ins Unglück, mehr Männer in die Grube gebracht, als es zwei Barfüßer und zwei Valenzianer Bravi hätten tun können.«

Er sprach noch, als ein Arkebusenschuß auf der an das spanische Lager stoßenden Grabenseite abgefeuert wurde. Don Garcia führte die Hand an die Brust und rief: »Ich bin verwundet!« Er wankte und sank fast gleichzeitig zu Boden. Im nämlichen Augenblicke sah man einen Menschen die Flucht ergreifen; die Dunkelheit aber verbarg ihn bald vor den Augen derer, die ihn verfolgten.

Don Garcias Verwundung schien tödlich zu sein. Der Schuß war aus größter Nähe abgegeben worden und die Waffe mit mehreren Kugeln geladen gewesen. Die Entschlossenheit dieses verhärteten Wüstlings aber widersprach sich nicht einen Augenblick. Die, welche ihm zuredeten, er solle beichten, ließ er schön ablaufen. Er sagte zu Don Juan: »Eines nur betrübt mich, nach meinem Tode werden die Kapuziner Euch nämlich einblasen, es wäre dies ein Gottesurteil wider mich. Gebt doch zu, daß es nichts Natürlicheres gibt, als daß ein

Soldat durch einen Arkebusenschuß getötet wird. Man behauptet, der Schuß wäre auf unserer Seite abgefeuert worden; zweifelsohne hat mich ein eifersüchtiger, grollender Ehemann ermorden lassen. Hängt ihn ohne weiteres auf, wenn Ihr ihn erwischt. Hört, Don Juan, ich habe zwei Liebsten in Antwerpen, drei in Brüssel, und andre anderswo, ich erinnere mich nicht mehr wo ... mein Gedächtnis schwindet ... Aus Ermanglung von etwas Besserem vermach' ich sie Euch ... Nehmt auch noch meinen Degen ... Und vergeßt mir vor allem den Ausfall nicht, den ich Euch gelehrt habe ... Lebt wohl ... Und statt bei einer Messe sollen meine Kameraden sich zu einer feinen Orgie nach meiner Beerdigung vereinen.«

Das etwa waren seine letzten Worte. Um Gott, um die andre Welt kümmerte er sich nicht mehr, als er es getan hatte, da er noch voller Leben und Kraft war. Mit einem Lächeln auf den Lippen starb er; die Eitelkeit verlieh ihm die Kraft, die abscheuliche Rolle, die er so lange gespielt hatte, bis zu Ende durchzuführen.

Modesto erschien nicht wieder. Die ganze Armee war überzeugt, daß er Don Garcias Mörder war; man verlor sich aber in eitlen Vermutungen über die Gründe, die ihn zu diesem Morde veranlaßt hatten.

Don Juan beklagte Don Garcia mehr als einen Bruder. Er sagte sich, der Unsinnige, daß er ihm alles verdanke. Er hatte ihn in die Geheimnisse des Lebens eingeweiht, ihm die dichten Schuppen, die er vor den Augen hatte, weggenommen. ›Was war ich, ehe ich ihn kannte?‹ fragte er sich, und seine Eigenliebe sagte ihm, er sei ein andern Männern überlegenes Wesen geworden. Kurz, all das Übel, welches ihm in Wirklichkeit die Bekanntschaft mit diesem Atheisten eingebracht hatte, verwandelte er in Wohltaten und war ihm ebenso dankbar dafür, wie es ein Schüler seinem Lehrer gegenüber sein muß.

Die traurigen Eindrücke, die dieser so plötzliche Tod in ihm erweckte, blieben ziemlich lange in seinem Gemüte haften und veranlaßten ihn, seine Lebensweise mehrere Monate über zu verändern. Nach und nach aber fiel er in seine alten Gewohnheiten zurück, die jetzt zu tief in ihm verankert waren, als daß ein Unfall sie hätte ändern können. Er hub wieder an zu spielen, zu trinken, mit Frauen sich einzulassen und mit Ehemännern zu schlagen. Alle Tage hatte er neue Abenteuer.

Heute stieg er durch eine Bresche, morgen kletterte er an einem Balkon hoch; morgens maß er die Klingen mit einem Ehemann, abends zechte er mit Huren.

Inmitten dieser Ausschweifungen erfuhr er, daß sein Vater verschieden war; seine Mutter hatte ihn nur wenige Tage überlebt, so daß er beide Nachrichten gleichzeitig erhielt. In Übereinstimmung mit seiner eigenen Neigung rieten ihm die Sachverwalter nach Spanien zurückzukehren und von seinem Majorat und den großen ererbten Gütern Besitz zu ergreifen. Schon vor langer Zeit war er des Todes von Don Alonso von Ojeda, Donna Faustas Vaters, wegen begnadigt worden, und er sah diese Angelegenheit für völlig erledigt an. Überdies hatte er Lust sich auf einem größeren Theater zu üben. Er dachte an die Annehmlichkeiten von Sevilla und die zahlreichen Schönen, die zweifelsohne nur seiner Ankunft warteten, um sich ihm auf Gnade und Ungnade zu ergeben. Er zog also den Küraß aus und reiste nach Spanien. Einige Zeit hielt er sich in Madrid auf; machte sich durch den Reichtum seines Anzuges und durch seine Geschicklichkeit als Picador beim Stierkampfe bemerkbar. Er machte einige Eroberungen, blieb aber nicht sehr lange dort. Als er in Sevilla angelangt war, blendete er groß und klein durch Pracht und Aufwand. Alle Tage veranstaltete er neue Feste, zu denen er die schönsten Damen Andalusiens einlud. Tagtäglich gab's in seinem herrlichen Palaste neue Vergnügungen, neue Orgien. Er war der König einer Menge Wüstlinge geworden, welche mit aller Welt in Zwietracht lebten und nicht zu bändigen waren, ihm aber mit jener Fügsamkeit gehorchten, die man nur zu häufig in den Gesellschaften der Bösen antrifft. Schließlich gab es keine Ausschweifung, in welcher er sich nicht wälzte; und da ein lasterhafter reicher Mann nicht nur sich selber gefährlich wird, verdarb sein Beispiel die andalusische Jugend, die ihn in den Himmel hob und zum Vorbild nahm. Wenn die Vorsehung seine Unzucht länger geduldet hätte, hätte zweifelsohne ein Feuerregen vom Himmel fallen müssen, um ein Strafgericht über die Ausschweifungen und Verbrechen in Sevilla ergehen zu lassen. Eine Krankheit, die Don Juan einige Tage über an sein Bett fesselte, ließ ihn keine Einkehr in sich selber halten; er bat seinen Arzt nur ihn wieder gesund zu machen, um sich in neue Liederlichkeiten zu stürzen.

Während seiner Genesung belustigte er sich damit eine Liste von allen den Frauen, die er verführt, und all den Ehemännern, die er betrogen hatte, herzustellen. Die Liste war methodisch in zwei Spalten geteilt. In der einen standen die Namen der Frauen und ihre summarische Personalbeschreibung; daneben die Namen ihrer Ehemänner und ihr Beruf. Viel Mühe bereitete es ihm in seinem Gedächtnis die Namen all dieser Unglücklichen wiederzufinden, und man muß schon annehmen, daß dieser Katalog keineswegs vollständig war. Eines Tages zeigte er ihn einem seiner Freunde, der ihm einen Besuch machte; und da er in Italien die Gunst einer Frau besessen hatte, die sich zu rühmen wagte, die Geliebte eines Papstes gewesen zu sein, begann die Liste mit ihrem Namen, und der des Papstes figurierte an der Spitze der Ehemänner. Dann kam ein regierender Fürst, dann folgten Herzöge, Markgrafen und es ging bis zu Handwerkern hinunter.

»Du siehst, mein Lieber«, sagte er zu seinem Freunde, »du siehst, keiner hat mir entgehen können, vom Papst angefangen bis zum Schuster hinunter gibt's also keine Klasse, die mir nicht Tribut gezahlt!«

Don Torribio, so hieß dieser Freund, prüfte die Liste und gab sie ihm zurück, indem er mit triumphierendem Tone rief: »Sie ist nicht vollständig.«

»Wie? Nicht vollständig? Wer fehlt denn auf meiner Liste der Ehemänner?«

»Gott!« antwortete Don Torribio.

»Gott? Das stimmt, es steht keine Nonne drauf. Potzblitz, ich danke Euch für die Benachrichtigung. Nun ich schwöre dir bei meiner Edelmannsehre, daß er, bevor ein Monat herum ist, vor dem hochwürdigen Papst auf meiner Liste stehen soll, und daß du hier mit einer Nonne zusammen zu Abend speisen wirst. In welchem Kloster von Sevilla gibt's hübsche Nönnchen?«

Einige Tage später war Don Juan darnach unterwegs. Er hub an die Nonnenklosterkirche eifrig zu besuchen und kniete dort nahe an den Gittern, welche die Bräute des Heilands von den übrigen Gläubigen trennen. Von dort aus warf er den furchtsamen Jungfrauen unverschämte Blicke zu, wie ein Wolf, der in einen Schafstall eingedrungen dort das fetteste Lamm sucht, um es zuerst zu verschlingen.

Bald hatte er in der Kirche Unserer Lieben Frau vom Rosenkranz eine junge Nonne von hinreißender Schönheit entdeckt, die durch eine Melancholie, welche auf ihren Gesichtszügen lag, noch gehoben wurde. Niemals schlug sie die Augen auf und wandte sie weder nach rechts noch nach links; vollkommen schien sie in das göttliche Geheimnis, das man vor ihr zelebrierte, versunken zu sein. Leise bewegten sich ihre Lippen und leicht konnte man merken, daß sie mit tieferer Inbrunst und Weihe als ihre Gefährtinnen betete. Ihr Anblick rief alte Erinnerungen in Don Juan wach. Er meinte, diese Frau anderswo gesehen zu haben, konnte sich aber unmöglich erinnern, zu welcher Zeit und an welchem Orte. So viele Frauenbilder waren mehr oder weniger tief in seinem Gedächtnis eingeprägt, daß ihm eine Verwechslung schon einmal unterlaufen konnte. Zwei aufeinanderfolgende Tage kam er wieder in die Kirche und stellte sich immer in der Nähe des Gitters auf; konnte es aber nicht dahin bringen, daß Schwester Agathe die Augen aufschlug. Daß sie so hieß, hatte er gehört.

Die Schwierigkeiten über eine durch die Stellung und ihre Tüchtigkeit so wohl verwahrte Person zu triumphieren, diente nur dazu Don Juans Verlangen anzustacheln. Das Wichtigste und auch das Schwierigste war, bemerkt zu werden. In seiner Eitelkeit war er überzeugt, daß, wenn er nur Schwester Agathes Aufmerksamkeit erregen könnte, der Sieg mehr als halb gewonnen sei. Folgendes Mittel ersann er, um die schöne Person zum Augenaufschlagen zu bewegen. So nah wie möglich stellte er sich bei ihr auf und steckte, den Augenblick des heiligsten Moments benutzend, wo alle Welt sich niederwirft, die Hand zwischen den Gitterstangen durch und goß vor Schwester Agathe den Inhalt eines mitgebrachten Essenzfläschchens aus. Der durchdringende Duft, der sich plötzlich bemerkbar machte, nötigte die junge Nonne, den Kopf zu erheben. Und da Don Juan sich gerade ihr gegenüber aufgestellt hatte, mußte sie ihn unfehlbar erblicken. Ein lebhaftes Erstaunen malte sich anfangs auf ihren Zügen, dann ward sie totenblaß, stieß einen leisen Schrei aus und sank ohnmächtig auf die Fliesen. Ihre Gefährtinnen drängten sich um sie und trugen sie in ihre Zelle. Sehr mit sich zufrieden entfernte sich Don Juan und sagte sich: Diese Nonne ist wirklich reizend; doch je mehr ich sie sehe, desto mehr dünkt mich, daß sie bereits in meinem Kataloge stehen muß.

Am folgenden Morgen stellte er sich zur Stunde der Messe prompt am Gitter ein. Schwester Agathe war aber nicht an ihrem gewöhnlichen Platz in der ersten Nonnenreihe; sie war im Gegenteil fast hinter ihren Gefährtinnen verborgen. Nichtsdestoweniger merkte Don Juan, daß sie häufig verstohlen nach ihm blickte. Er nahm das für ein für seine Leidenschaft günstiges Zeichen. Die Kleine fürchtet mich, dachte er … sie wird bald zahm werden. Nach beendigter Messe bemerkte er, daß sie in einen Beichtstuhl trat; um aber dorthin zu gelangen, kam sie dicht an dem Gitter vorbei und ließ wie aus Unachtsamkeit ihren Rosenkranz fallen. Don Juan war zu erfahren, als das er sich durch diese angebliche Zerstreutheit hätte täuschen lassen. Anfangs hielt er es für wichtig sich in der Besitz dieses Rosenkranzes zu bringen; doch lag er auf der andern Gitterseite, und um ihn aufzuheben, glaubte er warten zu müssen, bis alle Leute aus der Kirche hinausgegangen wären. Um diesen Augenblick abzupassen, lehnte er sich in nachdenklicher Haltung gegen einen Pfeiler; eine Hand hatte er auf die Augen gelegt, die Finger aber leicht auseinandergespreizt, so daß ihm keine von Schwester Agathes Bewegungen entgehen konnte. Wer immer ihn in dieser Haltung gesehen hätte, würde ihn für einen guten, in fromme Betrachtung versunkenen Christen gehalten haben.

Die Nonne kam aus dem Beichtstuhl heraus und tat einige Schritte, um ins Innere des Klosters zu gehn. Sie bemerkte aber bald oder gab vielmehr vor zu bemerken, daß ihr der Rosenkranz fehle. Sie blickte suchend nach allen Seiten und sah, daß er am Gitter lag. Sie kam zurück und bückte sich, um ihn aufzuheben. Im nämlichen Augenblicke bemerkte Don Juan etwas Weißes, das unter dem Gitter hervorkam. Es war ein ganz kleines vierfach gefaltetes Papier. Sofort entfernte sich die Nonne.

In seiner Überraschung schneller zum Ziele zu gelangen als er erwartet hatte, empfand der Wüstling eine Art Bedauern, nicht mehr

Widerständen zu begegnen. So ist etwa das Bedauern eines Jägers, der einem Hirsch nach ist und mit einem langen und mühseligen Laufe rechnet: plötzlich stürzt das eben aufgejagte Tier und bringt so den Jäger um die Freude und das Verdienst, die er sich von der Verfolgung versprochen hatte. Immerhin raffte er das Briefchen schnell auf und verließ die Kirche, um es in aller Muße zu lesen. Folgendes war sein Inhalt: »Ihr seid es, Don Juan? Es ist also wahr, daß Ihr mich nicht vergessen habt? Ich war sehr unglücklich, begann mich aber an mein Los zu gewöhnen. Jetzt werd' ich hundertmal unglücklicher sein. Ich müßte Euch hassen ... Ihr habt meines Vaters Blut vergossen ... doch kann ich Euch weder hassen noch vergessen. Habt Mitleid mit mir. Kommt nicht mehr in unsere Kirche; Ihr tut mir zu weh. Lebt wohl, lebt wohl, ich bin tot für die Welt. Theresa.«

›Ach, es ist die Theresita!‹ sagte sich Don Juan. ›Ich wußte doch, daß ich sie schon irgendwo gesehen hatte.‹ Dann las er das Briefchen nochmals ... Ich müßte Euch hassen ... Das heißt, ich bete Euch an ... Ihr habt meines Vaters Blut vergossen ... Das nämliche sagt Ximene zu Rodrigro ... Kommt nicht mehr in unsere Kirche ... Will sagen, ich erwarte Euch morgen. Sehr schön. Sie gehört mir ... Er ging daraufhin zum Mittagessen.

Am folgenden Morgen stellte er sich pünktlich in der Kirche ein; in seiner Tasche hatte er einen fertigen Brief. Groß aber war seine Überraschung, als er Schwester Agathe nicht erscheinen sah. Nie war ihm eine Messe länger vorgekommen. Nachdem er Theresas Gewissenszweifel hundertmal verwünscht hatte, ging er am Guadalquivirufer spazieren, um irgend einen Ausweg zu finden und bei folgendem blieb er dann stehen:

Das Kloster von Unserer Lieben Frau vom Rosenkranz war unter den Sevillaner Klöstern des ausgezeichneten Eingemachten wegen berühmt, das die Schwestern herstellen. Er ging ins Sprechzimmer, fragte die Laienschwester und ließ sich die Liste von allem Eingemachten geben, das sie zu verkaufen hatte. – »Habt Ihr keine Zitronen auf Maranaart?« fragte er mit der natürlichsten Miene von der Welt.

»Zitronen auf Maranaart, Herr Ritter? Zum erstenmal höre ich von solchem Eingemachten sprechen.«

»Nichts ist indessen begehrter und ich wundere mich, daß man in einem Hause wie Eurem nicht viel davon herstellt.«

»Zitronen auf Maranaart?«

»Auf Maranaart«, wiederholte Don Juan, jede Silbe betonend. »Ganz unmöglich ist's, daß nicht eine von Euren Nonnen das Rezept weiß. Fragt, bitte, die Damen, ob sie dies Eingemachte nicht kennen. Morgen werd' ich wieder vorbeikommen.«

Einige Minuten später war im ganzen Kloster nur von Zitronen auf Maranaart die Rede. Die besten Herstellerinnen von Eingemachtem hatten nie davon reden hören. Schwester Agathe allein kannte das Verfahren. Zu gewöhnlichen Zitronen mußte man Rosenwasser, Veilchen usw. hinzufügen, dann ... Sie übernahm alles. Als Don Juan wiederkam, fand er einen Topf voll Zitronen auf Maranaart vor; es war in Wirklichkeit eine abscheulich schmeckende Mischung. Unter dem Papier aber, in das der Topf eingepackt war, fand er ein Briefchen von Theresas Hand. Neue Bitten auf sie zu verzichten und sie zu vergessen. Das arme Mädchen suchte sich selbst zu betrügen. Religion, Kindesliebe, Anhänglichkeit und Leidenschaft machten der Unglückseligen Herz einander streitig; leicht aber konnte man merken, daß die Leidenschaft am stärksten war. Am folgenden Morgen schickte Don Juan einen seiner Pagen mit einer Kiste ins Kloster, welche Zitronen enthielt, die er eingemacht haben wollte, und die er ganz besonders der Nonne anempfahl, welche das am Vortage gekaufte Eingemachte hergestellt hatte. Auf dem Boden der Kiste war geschickt eine Antwort auf Theresas Brief verborgen. Er sagte ihr: »Ich bin sehr unglücklich gewesen. Ein Verhängnis hat meinen Arm geführt. Seit jener furchtbaren Nacht hab' ich nicht aufgehört an Dich zu denken. Ich wagte zu hoffen, daß Du mich nicht hassen würdest. Endlich hab' ich Dich wiedergefunden. Höre auf mir etwas von Schwüren zu sagen, die Du geleistet hast. Ehe Du Dich vor dem Altare bandest, gehörtest Du mir an. Du hast nicht über Dein Herz verfügen können, das mir gehörte ... Ich fordere ein Gut zurück, das ich allem vorziehe. Ich werde vergehen oder Du wirst mir zurückgegeben werden. Morgen will ich Dich ins Sprechzimmer bitten. Ich hab' nicht gewagt mich dort einzustellen, ehe ich dich benachrichtigt hatte, habe gefürchtet,

Deine Verwirrung könnte uns verraten. Wappne Dich mit Mut. Sage mir, ob die Laienschwester gewonnen werden kann.« Zwei geschickt über das Papier gespritzte Wassertropfen stellten beim Schreiben vergossene Tränen vor.

Einige Stunden später brachte ihm der Klostergärtner eine Antwort und bot ihm seine Dienste an. Die Laienschwester war unbestechlich; Schwester Agathe willigte ein ins Sprechzimmer zu kommen, doch nur unter der Bedingung, daß sie ein ewiges Lebewohl sagen und entgegennehmen wolle.

Mehr tot als lebendig erschien die arme Theresa im Sprechzimmer. Mit beiden Händen mußte sie sich ans Gitter klammern, um sich aufrecht zu halten. Ruhig und gefühllos kostete Don Juan mit Wonne den Aufruhr aus, in den er sie versetzte. Anfangs, und um die Laienschwester hinters Licht zu führen, erzählte er ungezwungen von den Freunden, die Theresa in Salamanca zurückgelassen und die ihm viele Grüße an sie aufgetragen hatten. Dann benutzte er einen Augenblick, wo die Laienschwester sich entfernte, und sagte ganz leise und sehr schnell zu Theresa:

»Ich bin zu allem entschlossen, um dich hier wegzuholen. Wenn man Feuer ans Kloster legen müßte, ich würd' es in Brand stecken. Nichts will ich hören. Mir gehörst du. In einigen Tagen wirst du bei mir sein oder ich werde verderben, umkommen; doch viele andre sollen mit mir umkommen!«

Die Laienschwester näherte sich. Theresa war dem Ersticken nahe und vermochte kein deutliches Wort zu sagen. Mit gleichgültigem Tone sprach Don Juan indessen von Eingemachtem und Nadelarbeiten, mit denen sich die Nonnen beschäftigten, und versprach der Laienschwester, ihr in Rom geweihte Rosenkränze zu schicken und ein Brokatgewand zu schenken, das man der heiligen Patronin der Schwesternschaft an ihrem Namenstag anziehen solle. Nach halbstündiger Unterhaltung grüßte er Theresa mit ehrfurchtsvoller und ernster Miene und ließ sie in einem Zustand unbeschreiblicher Erregung und Verzweiflung zurück. Eilends schloß sie sich in ihrer Zelle ein und ihre Hand, welche ihr besser als ihre Zunge gehorchte, schrieb einen langen vorwurfsvollen, flehentlichen Bittbrief. Sie konnte aber nicht umhin, ihm ihre Liebe zu erklären, und entschuldigte diesen Fehl mit dem Gedanken, daß sie ihn büßen würde, indem sie sich weigere sich ihres Geliebten Bitten zu fügen. Der Gärtner besorgte diesen strafbaren Briefwechsel und brachte ihr bald ein Antwortschreiben. Immer drohte Don Juan, sich zum Äußersten hinreißen zu lassen. Hundert Arme ständen ihm zu Diensten, vor Tempelschändung schrecke er nicht zurück. Glücklich würde er sterben, wenn er seine Freundin noch einmal in seinen Armen gehalten hätte. Was sollte das schwache Kind tun, war sie doch gewöhnt, einem Manne, den sie liebte, zu willfahren. In Tränen verbrachte sie ihre Nächte und am Tage vermochte sie nicht zu beten, Don Juans Bild folgte ihr überall hin, und selbst wenn sie an ihrer Gefährtinnen frommen Übungen teilnahm, führte ihr Leib mechanisch die Gesten einer Betenden aus, ihr Herz aber war ganz mit ihrer furchtbaren Liebe beschäftigt.

Nach einigen Tagen besaß sie nicht mehr die Kraft des Widerstandes. Sie meldete Don Juan, daß sie zu allem bereit sei. Sie sah sich in jeglicher Beziehung verloren und war sich klar, daß es, wenn sie doch einmal sterben solle, besser sei, vorher noch einen Augenblick des Glückes auszukosten. In seiner höchsten Freude bereitete Don Juan alles für die Entführung vor. Er wählte eine mondlose Nacht. Der Gärtner brachte Theresa eine seidene Strickleiter, deren sie sich zum Übersteigen der Klostermauer bedienen sollte. Ein Paket mit einem weltlichen Gewande darinnen würde an einer verabredeten Stelle des Gartens versteckt sein, denn sie durfte nicht daran denken in ihrer Nonnentracht auf die Straße zu gehen. Don Juan würde sie unten an der Mauer erwarten. In einiger Entfernung sollte eine von kräftigen Mäulern getragene Sänfte bereit stehen, die sie schnell in ein Landhaus bringen würde. Geborgen vor allen Verfolgungen könnte sie dort sein und ruhig und glücklich mit ihrem Liebhaber leben. Das war der Plan, den Don Juan selber entworfen hatte. Er ließ schickliche Gewänder schneidern, probierte die Strickleiter aus, fügte eine Anweisung, wie man sie befestigen mußte, hinzu; kurz er versäumte nichts, was den Erfolg seines Unterfangens sichern konnte. Der Gärtner war ergeben, zu viel brachte ihm seine Treue ein, als daß man an ihm hätte zweifeln können. Überdies waren Maßnahmen getroffen worden, ihn nach der Entführung zu ermorden. Kurz, dies Komplott schien derartig geschickt angezettelt zu sein, daß nichts es vereiteln konnte.

Um jeglichen Verdacht zu vermeiden, reiste Don Juan zwei Tage vor dem für die Entführung bestimmten nach dem Schlosse Marana. In diesem Schlosse hatte er den größten Teil seiner Kindheit verbracht, es aber seit seiner Rückkehr nach Sevilla noch nicht wieder betreten. Mit sinkender Nacht kam er an und seine erste Sorge war, gut zu Abend zu speisen. Dann ließ er sich auskleiden und legte sich zu Bett. In seinem Zimmer hatte er die Wachskerzen zweier großer Armleuchter anzünden lassen und auf dem Tische lag ein Buch mit ausgelassenen Geschichten. Nachdem er einige Seiten gelesen, verspürte er Schlaflust, klappte das Buch zu und löschte einen der Leuchter aus. Ehe er den zweiten ausblies, irrten seine Blicke zerstreut im ganzen Zimmer umher und plötzlich sah er in seinem Alkoven das Gemälde, welches die Qualen des Fegefeuers darstellte, das er in seiner Kindheit so häufig betrachtet hatte. Unwillkürlich blieben seine Augen auf dem Manne haften, dessen Eingeweide eine Natter verschlang, und obwohl diese Darstellung ihm jetzt noch mehr Entsetzen einflößte als damals, konnten sie sich nicht davon losreißen. Gleichzeitig erinnerte er sich an Hauptmann Gomares Gesicht und an die gräßlichen Verzerrungen, welche der Tod seinen Zügen aufgeprägt hatte. Dieser Gedanke machte ihn beben und er fühlte, wie seine Haare sich auf dem Kopf aufrichteten. Indessen ermannte er sich und löschte die letzte Kerze aus; hoffte er doch, daß die Dunkelheit ihn von den häßlichen Bildern, die ihn verfolgten, befreien würde. Die Dunkelheit vermehrte aber sein Entsetzen noch. Seine Augen schauten immer auf das Gemälde, welches er doch nicht sehen konnte; aber es war ihm so vertraut, daß er es sich in seiner Einbildung genau so deutlich ausmalte, wie wenn heller Tag gewesen wäre. Manchmal kam es ihm sogar so vor, als ob die Gesichter sich erhellten und leuchtend würden, wie wenn die Flammen des Fegefeuers, die der Künstler gemalt hatte, wirkliche Flammen wären. Endlich ward seine Aufregung so groß, daß er mit lauten Schreien seine Dienerschaft rief, um sie das Gemälde entfernen zu lassen, das ihm solchen Schrecken verursachte. Als sie in sein Gemach gestürzt kam, schämte er sich seiner Schwäche. Er dachte, seine

Leute würden sich über ihn lustig machen, wenn sie erführen, daß er sich vor einem Gemälde fürchte. Mit dem natürlichsten Tone, den er seiner Stimme geben konnte, begnügte er sich zu sagen, man solle die Kerzen wieder anzünden und ihn allein lassen. Dann hub er wieder zu lesen an; aber nur seine Augen durchflogen das Buch, sein Geist beschäftigte sich mit dem Bild. Einer unbeschreiblichen Aufregung ausgeliefert verbrachte er so eine schlaflose Nacht.

Sowie der Tag erschien, erhob er sich eilends und ging auf die Jagd. Die Bewegung und die frische Morgenluft beruhigten ihn allmählich; die durch den Anblick des Gemäldes hervorgerufenen Eindrücke waren verschwunden, als er in sein Schloß zurückkehrte. Er setzte sich zu Tisch und trank tüchtig. Als er sich schlafen legte, war er bereits ein bißchen betäubt. Auf seinen Befehl war ihm in einem andern Zimmer ein Lager bereitet worden, und man kann sich wohl denken, daß er sich gehütet hatte, das Gemälde dorthin bringen zu lassen. Doch hatte er die Erinnerung daran bewahrt und sie war mächtig genug, ihn einen Teil der Nacht über nicht schlafen zu lassen.

Übrigens flößten ihm solche Ängste keine Reue über sein verflossenes Leben ein. Immer beschäftigte er sich mit der geplanten Entführung; und nachdem er seinen Dienern alle notwendigen Befehle erteilt, reiste er in der größten Tageshitze nach Sevilla ab, um dort erst in der Dunkelheit anzukommen. Tatsächlich war's schwarze Nacht, als er beim Lloroturme vorbeikam, wo ein Diener seiner schon harrte. Er übergab ihm sein Pferd und erkundigte sich, ob Sänfte und Mäuler bereitstünden. Seinen Anordnungen gemäß sollten sie in einer Straße in ziemlicher Nähe des Klosters warten, damit er sich sofort mit Theresa zu Fuß dorthin begeben könnte, jedoch nicht zu nahe, um nicht den Argwohn der Runde zu erwecken, wenn sie ihnen zufällig begegnen sollte. Alles war bereit, seine Anordnungen waren wörtlich ausgeführt worden. Er sah, daß er noch eine Stunde zu warten hatte, ehe er das mit Theresa verabredete Zeichen geben konnte. Sein Diener warf ihm einen weiten braunen Mantel um die Schultern und er ging allein durch das Trianator nach Sevilla hinein. Sein Gesicht verbarg er, um nicht erkannt zu werden. Hitze und Ermüdung zwangen ihn, sich in einer einsamen Straße auf eine Bank zu setzen. Dort hub er an Liedchen, die ihm grade einfielen, zu pfeifen und vor sich hinzusummen. Von Zeit zu Zeit blickte er auf seine Uhr und bemerkte zu seinem Kummer, daß der Zeiger nicht nach dem Wunsche seiner Ungeduld vorrücke. Plötzlich drang eine feierliche Trauermusik an sein Ohr. Bald unterschied er die von der Kirche für Beerdigungen vorgeschriebenen Gesänge. Dann bog ein Zug um die Straßenecke und kam auf ihn zu. Zwei lange Büßerreihen, welche angezündete Kerzen trugen, zogen vor einer mit schwarzem Sammet bedeckten Bahre her, welche von mehreren Männern getragen ward. Weißbärtig waren die, trugen den Degen an der Seite und waren nach einer früheren Mode gekleidet. Der Zug wurde von zwei Reihen Büßern in Trauergewandung geschlossen, die wie die ersten Kerzen trugen. Langsam und ernst näherte sich der ganze Zug. Man hörte das Geräusch der Schritte auf dem Pflaster nicht und hätte schier meinen mögen, daß jede Gestalt mehr dahingleite als daß sie schreite. Die langen und steifen Falten der Mäntel und Gewänder schienen ebenso unbeweglich wie die Marmorkleider der Standbilder.

Bei diesem Schauspiel empfand Don Juan anfangs jene Art Widerwillen, welchen einem Epikuräer der Gedanke an den Tod einflößt. Er stand auf und wollte sich entfernen, die Zahl der Leidtragenden und der Pomp des Zuges aber überraschten ihn und machten ihn neugierig. Als die Prozession sich nach einer benachbarten Kirche wandte, deren Portale sich geräuschlos auftaten, hielt Don Juan einen der kerzentragenden Männer am Ärmel fest und fragte ihn höflich, wer die Person sei, die man da beerdigte. Der Büßer hob den Kopf in die Höhe; sein Antlitz war bleich und fleischlos wie das eines Menschen, der eine lange und schmerzensreiche Krankheit hinter sich hat. Mit Grabesstimme antwortete er: »Den Grafen Don Juan von Marana.«

Bei dieser seltsamen Antwort standen Don Juan die Haare zu Berge; einen Augenblick nachher aber hatte er seine Kaltblütigkeit wiedererlangt und hub zu lächeln an. Ich werde schlecht verstanden haben, sagte er sich, oder der Alte hat sich geirrt. Die Trauergesänge wurden wieder angestimmt, ein lauter Orgelton begleitete sie. Und die in Trauerchorröcke gekleideten Priester stimmten das *De profundis* an.

Trotz seiner Bemühungen ruhig zu erscheinen fühlte Don Juan, wie sein Blut in den Adern erstarrte. Er näherte sich einem andern Büßer. Fragte ihn: »Wer ist denn der Tote, den man da beerdigt?« – »Der Graf Don Juan von Marana«, antwortete der Büßer mit hohler und schrecklicher Stimme. Don Juan lehnte sich an eine Säule, um nicht umzusinken. Er fühlte, wie er schwach wurde. All sein Mut hatte ihn verlassen. Währenddem ging der Gottesdienst weiter, und die Wölbungen der Kirche ließen den Orgelklang und den Schwall der Stimmen, welche das schreckliche *Dies irae* sangen, noch anschwellen. Er meinte die Engelchöre beim letzten Gerichte zu hören. Endlich machte er eine Anstrengung, Er faßte die Hand eines an ihm vorbeigehenden Priesters. Diese Hand war kalt wie Marmor.

»In des Himmels Namen, mein Vater«, rief er, »für wen betet Ihr hier, und wer seid Ihr?«

»Wir beten für den Grafen Don Juan von Marana«, antwortete der Priester, der ihn mit einem schmerzlichen Ausdrucke fest anblickte. »Wir beten für seine Seele, die im Stande der Todsünde ist, und wir sind die Seelen, welche seiner Mutter Messen und Gebete aus den Flammen des Fegefeuers befreit haben. Wir bezahlen dem Sohne, was wir der Mutter schulden; diese Messe aber ist die letzte, die uns erlaubt ist zu beten für die Seele des Grafen Don Juan von Marana.«

In diesem Augenblicke tat die Uhr der Kirche einen Schlag: es war die für Theresas Entführung festgesetzte Stunde.

»Die Zeit ist gekommen!« schrie eine Stimme, die aus dunkler Kirchenecke kam. »Die Zeit ist gekommen! Gehört er uns?«

Don Juan wandte den Kopf um und sah eine furchtbare Erscheinung. Bleich und blutig näherte sich Don Garcia mit dem Hauptmann Gomare, dessen Gesichtszüge noch von grausigen Krämpfen verzerrt waren. Sie wandten sich beide dem Sarge zu und, den Deckel mit wilder Gewalt zu Boden werfend, wiederholte Don Garcia: »Gehört er uns?« Im nämlichen Augenblicke richtete sich eine riesige Schlange hinter ihm auf und, ihn mehrere Fuß überragend, schien sie sich in den Sarg schnellen zu wollen ... Don Juan schrie: »Jesus!« und fiel bewußtlos auf die Fliesen.

Die Nacht war schon weit vorgerückt, als die passierende Runde einen Mann fand, der bewegungslos an dem Portal einer Kirche lag. Die Häscher näherten sich; glaubten sie doch, es sei der Leichnam eines ermordeten Menschen. Sofort erkannten sie den Grafen von Marana und versuchten ihn wieder zum Bewußtsein zu bringen, indem sie ihm frisches Wasser ins Gesicht sprengten. Als sie jedoch sahen, daß er nicht wieder zu sich kam, trugen sie ihn in sein Haus. Die einen sagten, er wäre betrunken, andre, er hätte von einem eifersüchtigen Ehemanne Stockhiebe erhalten. Niemand oder wenigstens kein anständiger Mensch liebte ihn in Sevilla und jeder gab seinen Senf dazu. Der eine segnete den Stock, der ihn so betäubt habe, ein andrer fragte, wieviele Flaschen in diesem bewegungslosen Körper wohl enthalten sein möchten. Don Juans Diener empfingen ihren Herrn aus der Häscher Händen und liefen nach einem Chirurgen. Man ließ ihn tüchtig zur Ader und er kam langsam zu Bewußtsein. Anfangs vernahm man nichts wie zusammenhanglose Worte von ihm, unartikulierte Schreie, Seufzer und Klagen. Allmählich schien er alle Gegenstände, die ihn umgaben, mit Aufmerksamkeit zu betrachten. Er fragte, wo er sei, dann was aus Hauptmann Gomare, Don Garcia und der Prozession geworden wäre. Seine Leute hielten ihn für wahnsinnig. Nachdem er eine Herzstärkung zu sich genommen, ließ er sich jedoch ein Kruzifix bringen und küßte es einige Zeit unter strömenden Tränen. Dann befahl er, man solle ihm einen Beichtiger holen.

Seine Gottlosigkeit war so bekannt, daß man allgemein darüber erstaunt war. Mehrere von seinen Leuten gerufene Priester weigerten sich zu ihm zu gehen, waren sie doch fest überzeugt, er wolle ihnen einen üblen Streich spielen. Endlich willigte ein Dominikanermönch ein ihn zu besuchen. Man ließ sie allein, Don Juan warf sich ihm zu Füßen und erzählte von der Vision, die er gehabt. Dann beichtete er. Bei jedwedem seiner Verbrechen, die er erzählte, unterbrach er sich, um zu fragen, ob es möglich sei, daß ein so großer Sünder wie er jemals die Verzeihung des Himmels erlange. Der antwortete, Gottes Barmherzigkeit wäre unendlich. Nachdem er ihn ermahnt hatte in seiner Reue zu verharren, und nachdem er ihm die Tröstungen hatte zuteil werden lassen, welche die Religion auch den größten Verbrechern nicht verweigert, entfernte sich der Dominikaner mit dem Versprechen, abends zurückzukommen. Don Juan verbrachte den ganzen Tag in Gebeten. Als der Dominikaner zurückkam, erklärte er ihm, sein Entschluß sei gefaßt, er wolle sich aus einer Welt zurückziehen, wo er soviel Ärgernis erregt, und die gräßlichen Verbrechen, durch die er sich befleckt, durch Bußübungen zu sühnen suchen. Von seinen Tränen gerührt, ermutigte ihn der Mönch, so gut er es vermochte; und um zu prüfen, ob er auch den Mut haben würde, seinem Entschlusse Folge zu leisten, malte er ihm die Kasteiungen des Klosters in den düstersten Farben aus. Bei jeder Züchtigung aber, die er beschrieb, rief Don Juan, sie wäre nichts und er verdiene viel strengere Prüfungen.

Am nächsten Morgen schenkte er die Hälfte seines Vermögens seinen Verwandten, die arm waren; einen andern Teil desselben bestimmte er für die Gründung eines Hospitals und den Bau einer Kapelle; beträchtliche Summen verteilte er an die Armen und ließ eine große Anzahl Messen für die Seelen im Fegefeuer, vor allem aber für die des Hauptmanns Gomare und der Unglücklichen lesen, die im Zweikampf gegen ihn gefallen waren. Endlich versammelte er alle seine Freunde und klagte sich vor ihnen des schlechten Beispiels wegen an, das er ihnen so lange gegeben hatte; pathetisch malte er ihnen die Gewissensbisse, die seine frühere Aufführung ihm verursachte, und die Hoffnungen aus, welche er für die Zukunft zu hegen wagte. Mehrere dieser Wüstlinge wurden gerührt und gingen in sich; andre, unverbesserliche, verließen ihn mit kaltem Hohn.

Ehe Don Juan in das Kloster trat, in welches er sich zurückziehen wollte, schrieb er an Donna Theresa. Er gestand ihr seine schändlichen Pläne, schilderte ihr sein Leben, seine Bekehrung, und bat sie um Verzeihung, indem er sie aufforderte, seinem Beispiele zu folgen und ihr Heil in der Reue zu suchen. Er vertraute diesen Brief dem Dominikaner an, nachdem er ihn den Inhalt hatte lesen lassen.

Die arme Theresa hatte im Klostergarten lange auf das verabredete Zeichen gewartet. Als sie nach mehreren, in unsagbarer Aufregung verlebten Stunden den Morgen grauen sah, kehrte sie in ihre Zelle zurück und überließ sich dem wildesten Schmerze. Don Juans Fernbleiben schrieb sie tausend Gründen zu, die alle der Wahrheit durchaus nicht entsprachen. Mehrere Tage verstrichen so, ohne daß sie Nachrichten von ihm empfing und ohne daß eine Botschaft ihre Verzweiflung milderte. Endlich erhielt der Mönch, nachdem er mit der Äbtissin verhandelt hatte, die Erlaubnis sie zu sehen, und überreichte ihr das Schreiben ihres reuigen Verführers. Während sie es las, sah man, wie dicke Schweißtropfen über ihre Stirn liefen; bald wurde sie feuerrot, bald leichenblaß. Dennoch besaß sie den Mut den Brief zu Ende zu lesen. Der Dominikaner versuchte ihr dann Don Juans Reue auszumalen und sie zu beglückwünschen, der gräßlichen Gefahr entronnen zu sein, die ihrer beider harrte, wenn ihr Plan nicht durch eine augenscheinliche Dazwischenkunft der Vorsehung vereitelt worden wäre. Bei all diesen Ermahnungen aber schrie Donna Theresa: »Er hat mich nie geliebt!« Ein hitziges Fieber befiel die Unglückliche. Vergebens wurden die Hilfsmittel der Wissenschaft und der Religion an sie verschwendet: die einen wies sie zurück, den andern gegenüber erschien sie unempfindlich. Immer wiederholend: »Er hat mich nie geliebt!« starb sie nach einigen Tagen.

Don Juan hatte das Novizenkleid angelegt und zeigte, daß seine Bekehrung aufrichtig war. Keine Bußübungen oder Züchtigungen gab's, die er nicht zu leicht gefunden hätte; oft sah sich der Abt des Klosters genötigt, ihm zu befehlen, bei den Kasteiungen, mit welchen er seinen Körper quälte, in den gebotenen Grenzen zu bleiben. Er machte ihm klar, daß er so seine Tage abkürze und daß es in Wirklichkeit größeren Mutes bedürfe, maßvolle Züchtigungen lange zu ertragen, als seine Buße auf einmal zu enden, indem er sich ums Leben bringe. Als das Noviziat zu Ende war, legte Don Juan sein Gelübde ab und fuhr fort, unter dem Namen Bruder Ambrosius das ganze Kloster durch seine Kasteiungen zu erbauen. Unter seiner groben Wollkutte trug er ein Bußkleid aus Pferdehaaren. Eine Art enger Kiste, die kürzer als sein Leib war, diente ihm als Bett. In Wasser abgekochte Gemüse bildeten seine ganze Nahrung. Und nur an Festtagen und auf des Abtes ausdrücklichen Befehl, willigte er ein, Brot zu essen. Den größten Teil der Nächte verbrachte er mit Wachen und Beten, wobei er die Arme kreuzförmig ausbreitete; kurz er war das Vorbild dieser frommen Gemeinschaft, wie er früher das Muster der Lüstlinge seines Alters gewesen. Eine epidemische Krankheit, die in Sevilla ausbrach, verschaffte ihm Gelegenheit sich in den neuen Tugenden, welche ihm seine Bekehrung verliehen hatte, zu üben. Die Kranken waren in dem von ihm gestifteten Hospital aufgenommen worden; er pflegte die Armen, brachte die Tage an ihren Betten zu, ermahnte, ermutigte und tröstete sie. Die Ansteckungsgefahr war so groß, daß man selbst um viel Geld nicht Männer bekommen konnte, welche die Toten beerdigen wollten. Don Juan übernahm auch noch das; er ging in die verlassenen Häuser und beerdigte die verwesenden Leichen, die häufig schon tagelang dalagen. Überall pries man ihn; und da er während dieser schrecklichen Epidemie niemals krank wurde, versicherten leichtgläubige Leute, Gott habe ein neues Wunder zu seinen Gunsten getan.

Schon seit mehreren Jahren wohnte Don Juan oder Bruder Ambrosius im Kloster und sein Leben war eine ununterbrochene Folge von Frömmigkeitsübungen und Kasteiungen. Die Erinnerung an sein früheres Leben war ihm stets im Gedächtnis gegenwärtig. Seine Gewissensbisse aber waren bereits durch die innerliche Befriedigung über die Umkehr seiner Seele gemildert.

Eines Tages am Nachmittag, im Augenblicke, wo die Hitze sich am unangenehmsten bemerkbar machte, genossen, dem Brauche gemäß, alle Brüder des Klosters einige Ruhe. Barhäuptig arbeitet Bruder Ambrosius allein im Garten in der Sonne: eine der Kasteiungen, die er sich auferlegt hatte, über seinen Spaten geneigt sah er den Schatten eines vor ihm stehenbleibenden Mannes. Er glaubte, es wäre einer der Mönche, der in den Garten heruntergekommen sei, fuhr mit seiner Arbeit fort und begrüßte ihn mit einem Ave-Maria. Man antwortete aber nicht. Überrascht, diesen unbeweglichen Schatten zu sehen, hob er die Augen auf und sah einen hohen jungen Mann vor sich stehen. Bekleidet war der mit einem Mantel, der bis auf die Erde herabfiel, und das Gesicht war halb unter einem Hute verborgen, der von einer weißen und schwarzen Feder beschattet wurde. Dieser Mensch betrachtete ihn schweigend mit einem Ausdrucke boshafter Freude und tiefer Verachtung. Einige Minuten über sahen sie sich beide fest an. Endlich trat der Unbekannte einen Schritt vor, lüftete seinen Hut, um sein Gesicht zu zeigen und sagte zu ihm: »Erkennt Ihr mich wieder?«

Don Juan betrachtete ihn aufmerksamer, kannte ihn aber nicht.

»Erinnert Ihr Euch an die Belagerung von Berg-op-Zoom?« fragte der Unbekannte.

»Vergaßet Ihr einen Soldaten namens Modesto?«

Don Juan erbebte. Kalt fuhr der Unbekannte fort ...

»Einen Soldaten namens Modesto, der Euren würdigen Freund Don Garcia statt Eurer, auf den er zielte, mit einem Arkebusenschusse tötete? ... Modesto bin ich! Ich habe noch einen andern Namen, Don Juan: ich heiße Don Pedro von Ojeda, bin der Sohn von Don Alonso von Ojeda, den Ihr getötet habt; ... bin der Bruder von Donna Fausta von Ojeda, die Ihr getötet habt; ... bin Donna Theresa von Ojedas Bruder, die Ihr getötet habt.«

»Mein Bruder«, sagte Don Juan, vor ihm hinkniend, »ich bin ein Elender und mit Verbrechen beladen. Um sie zu sühnen, trage ich dies Gewand und habe der Welt entsagt. Wenn es ein Mittel gibt, Eure Verzeihung zu erlangen, so sagt es mir. Die härteste Buße soll mich nicht zurückschrecken, wenn ich erlangen könnte, daß Ihr meiner nicht mehr flucht.«

Don Pedro lächelte bitter. »Lasset ab von der Gleisnerei, Herr von Marana; ich verzeihe nicht. Meine Flüche habt Ihr redlich erworben. Aber ich bin zu ungeduldig, um ihre Wirkung abzuwarten. Ich hab' etwas Wirksameres als Flüche bei mir!«

Bei diesen Worten warf er seinen Mantel ab und zeigte, daß er zwei lange Schlachtschwerter bei sich hatte. Er zog sie aus der Scheide und pflanzte alle beide in die Erde. »Wählt, Don Juan«, sagte er. »Es heißt, Ihr wäret ein wackerer Raufbold, und ich setze meinen Stolz darein, ein geschickter Fechter zu sein. Laßt sehn, was Ihr vermögt.«

Don Juan bekreuzigte sich und sagte: »Ihr vergeßt die Gelübde, die ich geleistet habe, mein Bruder. Ich bin nicht mehr Don Juan, den Ihr gekannt habt, bin Bruder Ambrosius.«

»Schön, Bruder Ambrosius, Ihr seid mein Feind, und ich hasse Euch unter jedwedem Namen, den Ihr tragen mögt, und will mich an Euch rächen!«

Don Juan warf sich ihm wieder zu Füßen.

»Wenn Ihr mein Leben hinnehmen wollt, mein Bruder, es gehört Euch. Züchtiget mich nach Eurem Willen.«

»Feiger Gleisner, hältst du mich zum Narren? Wenn ich dich wie einen tollwütigen Hund töten wollte, würd' ich mir dann die Mühe gemacht haben die Waffen da mitzubringen? Auf, wähle schnell und verteidige dein Leben!«

»Ich wiederhole Euch, mein Bruder, ich kann nicht kämpfen, kann aber sterben.«

»Elender«, schrie Don Pedro wütend, »man hatte mir gesagt, du seist mutig. Ich sehe, daß du nur ein feiger Schuft bist.«

»Mut, mein Bruder? Ich bitte Gott, mir welchen zu verleihen, um nicht der Verzweiflung anheimzufallen, in welche mich ohne seine Hilfe die Erinnerung an meine Verbrechen stürzen würde. Lebt wohl, mein Bruder; ich entferne mich, denn ich sehe wohl, daß mein Anblick Euch Ärgernis bereitet. Möge meine Reue Euch eines Tages so aufrichtig erscheinen, wie sie es in Wirklichkeit ist.«

Er tat einige Schritte, um den Garten zu verlassen, als Don Pedro ihn am Ärmel festhielt. »Ihr oder ich, einer von uns geht nicht lebend von hier!« schrie er. »Nehmt einen von diesen Degen, denn der Teufel soll mich holen, wenn ich eine von Euren Jeremiaden glaube!«

Don Juan warf ihm einen Flehensblick zu und tat noch einen Schritt, um sich zu entfernen; Don Pedro packte ihn jedoch mit Gewalt und hielt ihn beim Kragen fest: »Glaubst du denn, ruchloser Mörder, du könntest dich meinen Händen entziehen? Ich will dein Gleisnergewand in Stücke reißen, es verbirgt des Teufels Pferdefuß. Dann vielleicht fühlst du dich herzhaft genug, dich mit mir zu schlagen!« Und also redend, stieß er ihn wuchtig gegen die Mauer.

»Herr Don Pedro von Ojeda«, rief Don Juan, »tötet mich, wenn Ihr wollt, ich werde mich nicht schlagen.« Und er kreuzte seine Arme und blickte Don Pedro mit ruhiger, wenn auch ziemlich stolzer Miene an.

»Ja, ich will dich töten. Elender! Vorher aber wie einen Feigling behandeln, der du ja bist!«

Und er gab ihm einen Backenstreich, den ersten, den Don Juan jemals empfangen hat.

Purpurröte überzog Don Juans Antlitz. Stolz und Wut seiner Jugend kehrten in seine Seele zurück. Ohne ein Wort zu sagen, stürzte er sich auf einen der Degen und bemächtigte sich seiner. Don Pedro nahm den andern und legte aus.

Wütend griffen sich beide an und der eine und der andre fielen gleichzeitig und mit der nämlichen Wucht aus. Don Pedros Degen verlor sich in Don Juans Leinenkleid und glitt an dem Körper ab, ohne ihn zu verletzen, während Don Juans bis an den Korb in seines Widersachers Brust drang. Don Pedro starb auf der Stelle. Als Don Juan seinen Feind zu seinen Füßen ausgestreckt liegen sah, verharrte er einige Zeit unbeweglich und betrachtete ihn mit stumpfer Miene. Allmählich kam er zu sich selbst zurück und erkannte die Größe seines neuen Verbrechens. Er stürzte sich über die Leiche und versuchte sie ins Leben zurückzurufen. Doch hatte er zu viele Wunden gesehen, um einen Augenblick zweifeln zu können, daß sie tödlich war. Der blutige Degen lag zu seinen Füßen und schien sich ihm selber anzubieten, damit er sich eigenhändig strafe. Schnell aber entfernte er diese neue Versuchung des Teufels, lief zum Abt und stürzte ganz außer sich in dessen Zelle. Vor ihm hinkniend erzählte er ihm dann unter Tränenströmen von der schrecklichen Szene. Anfangs wollte es der Abt nicht glauben. Sein erster Gedanke war, die großen Kasteiungen, welche Bruder Ambrosius sich auferlegt, hätten ihn den Verstand verlieren lassen. Das Blut aber, das Don Juans Kutte und Hände bedeckte, erlaubten ihm nicht länger an der schrecklichen Wahrheit zu zweifeln. Er war ein sehr geistesgegenwärtiger Mann. Sofort begriff er, welch ärgerliche Aufmerksamkeit auf das Kloster gelenkt würde, wenn die Kunde des Abenteuers sich in der Öffentlichkeit verbreitet. Niemand hatte den Zweikampf gesehn. Selbst den Klosterbewohnern suchte er ihn zu verheimlichen.

Er befahl Don Juan ihm zu folgen und schaffte den Leichnam mit seiner Hilfe in ein Zimmer im Erdgeschoß, dessen Schlüssel er an sich nahm. Dann schloß er Don Juan in seiner Zelle ein und ging fort, um den Corregidor zu benachrichtigen.

Man wird sich vielleicht wundern, daß Don Pedro, der Don Juan bereits verräterisch zu töten versucht, den Gedanken an einen zweiten Mord verworfen und sich seines Feindes durch einen Kampf mit gleichen Waffen zu entledigen versucht hatte. Das aber war von seiner Seite nur die Rechnung höllischer Rache. Er hatte von Don Juans Kasteiungen reden hören und der Ruf seiner Heiligkeit hatte sich so verbreitet, daß Don Pedro nicht daran zweifelte, wenn er ihn ermorde, würde er ihn direkten Weges in den Himmel schicken. Wenn er ihn jedoch herausforderte und zum Zweikampfe verpflichte, hoffte er ihn im Stande der Todsünde zu töten, und so würde er seines Leibes und seiner Seele zugleich verlustig gehen. Wie dieser teuflische Plan sich wider seinen Urheber wandte, hat man gesehen.

Die Sache zu vertuschen, fiel nicht schwer. Der Corregidor verständigte sich mit dem Abte des Klosters, um jeden Verdacht abzuwenden. Die andern Mönche glaubten, der Tote wäre in einem Zweikampfe mit einem unbekannten Edelmann unterlegen und hätte sich verwundet ins Kloster geschleppt, wo er unverzüglich gestorben sei. Don Juans Gewissensbisse und Reue versuche ich nicht zu schildern. Freudig verrichtete er alle Bußen, die der Abt ihm auferlegte. Sein ganzes Leben über verwahrte er, am Fuße seines Bettes aufgehängt, den Degen, mit welchem er Don Pedro durchbohrt hatte, und niemals betrachtete er ihn, ohne für seine und seiner Familien Seelen zu beten. Um den Rest weltlichen Stolzes, der noch in seinem Herzen blieb, zu demütigen, hatte der Abt ihn geheißen, sich allmorgendlich bei dem Klosterkoch einzustellen, der ihm eine Ohrfeige geben mußte. Wenn Bruder Ambrosius die empfangen hatte, unterließ er es niemals, ihm auch die andre Wange hinzuhalten, und dankte dem Koche, daß er ihn so demütige. Noch zehn Jahre lebte er im Kloster und nie ward seine Reue durch einen Rückfall in seine Jugendleidenschaften unterbrochen. Er starb wie ein Heiliger, selbst von denen verehrt, die ihn in seinem früheren schlechten Lebenswandel gekannt hatten. Auf seinem Totenbett erbat er es sich als eine Gunst, man möchte ihn unter der Kirchenschwelle beerdigen, damit jedweder ihn beim Hineingehen in die Kirche mit Füßen trete. Er wünschte auch noch, daß man auf seinem Grabe folgende Inschrift einmeißle: »Hier ruht der schlechteste

Mensch, der auf Erden lebte.« Man hielt es aber nicht für richtig, alle diese, von seiner maßlosen Demut diktierten Verfügungen auszuführen. Er ward beim Hauptaltare der von ihm gestifteten Kapelle beigesetzt. Man willigte wahrlich ein, auf den Stein, der seine sterblichen Reste bedeckt, die von ihm aufgesetzte Inschrift zu meißeln; man fügte aber eine Schilderung und eine Lobeserhebung seiner Bekehrung hinzu. Sein Hospital und vor allem die Kapelle, wo er beerdigt liegt, werden von allen Fremden, die durch Sevilla kommen, besucht. Murillo hat die Kapelle mit mehreren seiner Meisterwerke geschmückt. Die Rückkehr des verlorenen Sohnes und der Fischteich von Jericho, die man heute in Marschall Soults Galerie bewundert, schmückten früher die Mauern des Hospitals der Nächstenliebe.

Erzählungen aus dem Biedermeier

Biedermeier - das klingt in heutigen Ohren nach langweiligem Spießertum, nach geschmacklosen rosa Teetässchen in Wohnzimmern, die aussehen wie Puppenstuben und in denen es irgendwie nach »Omma« riecht.

Zu Recht. Aber nicht nur.

Biedermeier ist auch die Zeit einer zarten Literatur der Flucht ins Idyll, des Rückzuges ins private Glück und der Tugenden. Die Menschen im Europa nach Napoleon hatten die Nase voll von großen neuen Ideen, das aufstrebende Bürgertum forderte und entwickelte eine eigene Kunst und Kultur für sich, die unabhängig von feudaler Großmannssucht bestehen sollte.

Georg Büchner Lenz **Karl Gutzkow** Wally, die Zweiflerin **Annette von Droste-Hülshoff** Die Judenbuche **Friedrich Hebbel** Matteo **Jeremias Gotthelf** Elsi, die seltsame Magd **Georg Weerth** Fragment eines Romans **Franz Grillparzer** Der arme Spielmann **Eduard Mörike** Mozart auf der Reise nach Prag **Berthold Auerbach** Der Viereckig oder die amerikanische Kiste

ISBN 978-3-8430-1884-5, 444 Seiten, 29,80 €

Erzählungen aus dem Biedermeier II

Annette von Droste-Hülshoff Ledwina **Franz Grillparzer** Das Kloster bei Sendomir **Friedrich Hebbel** Schnock **Eduard Mörike** Der Schatz **Georg Weerth** Leben und Taten des berühmten Ritters Schnapphahnski **Jeremias Gotthelf** Das Erdbeerimareili **Berthold Auerbach** Lucifer

ISBN 978-3-8430-1885-2, 440 Seiten, 29,80 €

Erzählungen aus dem Biedermeier III

Eduard Mörike Lucie Gelmeroth **Annette von Droste-Hülshoff** Westfälische Schilderungen **Annette von Droste-Hülshoff** Bei uns zulande auf dem Lande **Berthold Auerbach** Brosi und Moni **Jeremias Gotthelf** Die schwarze Spinne **Friedrich Hebbel** Anna **Friedrich Hebbel** Die Kuh **Jeremias Gotthelf** Barthli der Korber **Berthold Auerbach** Barfüßele

ISBN 978-3-8430-1886-9, 452 Seiten, 29,80 €